만조를 기다리며

만조를 기다리며

조예은

위즈덤하우스

어둠 속에서 우리는 죽어가고 있었다.
고작 숨바꼭질 때문이었다. 갯벌 한가운데에
비죽 솟은 암석에 몸을 숨겼는데, 잠깐 사이
바닷물이 들어차 그대로 망망대해에 고립된
것이다. 어른들은 우리를 찾지 못했다. 어쩌면
찾지 않는 것인지도 몰랐다. 파도가 암석을
덮칠 때마다 바닷물이 튀어 입술에서는
짠맛이 났다. 피부는 양서류의 것처럼
차가웠으며, 체온이 빠르게 떨어져갔다.
사방에 검은 물이 일렁였다. 육지로 올라온
물고기처럼 우리는 정말이지 착실하게

죽어가고 있었다.

의식마저 흐릿한 와중 눈에 들어온 건
우영의 둥그런 어깨였다. 나에게 겉옷을
벗어주고 민소매만 걸치고 있는 우영의
어깨. 산지기의 딸인 우영은 허구한 날
돌산을 오르내려서인지 잔상처가 많았는데,
그날만은 유난히 희고 매끄러워 보였다. 물에
젖었기 때문일까? 꼭 흰 뱀 같았다. 아빠와
아쿠아리움에서 보았던 물뱀이 떠올랐다.
좁은 어항 안에서 나풀거리는 게 꼭 춤을 추는
것 같기도, 발악하는 것 같기도 했지. 어항
속 물뱀의 비늘을 떠올리며 나는 우영에게로
손을 가져갔고, 곧 검지 끝에 축축한 피부가
닿았다. 내내 눈을 감고 있던 우영이 눈꺼풀을
들어 올렸다. 사방에서 파도가 일렁였다. 나는
우영에게 물었다.

"내가 밉지 않아? 나 때문에 이렇게
됐잖아."

우영은 느리게 고개를 저었다.

"거짓말. 고작 숨바꼭질 때문에 죽게 생겼는데도?"

"네가 뭔가 착각하는 거 같은데."

우영은 잠시 말을 멈추고 몸을 떨었다. 오한이 드는 듯했다.

"난 이 갯벌에 언제 물이 차는지 알아. 그래도 널 찾고 싶어서 찾은 거야."

"왜?"

"내가 술래였잖아."

"너한테 술래를 시킨 것도 난데."

우영이 피곤하단 듯이 고개를 숙였다. 나는 어깨에 걸친 우영의 겉옷을 벗어 들고 우영의 옆으로 가 앉았다. 내 겉옷과 우영의 겉옷을 겹쳐 우리의 어깨에 둘렀다. 내 왼쪽 어깨와 우영의 오른쪽 어깨가 닿았고 그 순간, 지금까지와는 다른 거대한 파도가 들이닥쳤다. 우리가 몸을 숨긴 암석

위까지 물이 밀려왔다. 우리는 휩쓸려가지
않도록 어깨를 붙이고서 힘을 주고 버텼다.
우영의 불규칙적인 호흡과 떨림이 고스란히
전해졌다. 내 호흡과 떨림도 그에게 전해졌을
것이다. 나는 고개를 비틀어 온통 암흑뿐인
밤바다를 응시했다. 그리고 다시 돌아와
입술이 보랏빛으로 변한 우영을 바라보았다.
끝날 듯 끝나지 않는 물소리와 암석의 이끼
냄새를 타고 우영의 목소리가 닿았다.

"내가 찾지 않으면 넌 돌아오지 않을 것
같았거든."

우영은 언제나 그랬다. 엄마와
아빠보다도, 할머니 할아버지와 그 어떤
친구들보다도 나에 대해 잘 알았다. 20년 후의
그 역시 알았을 것이다.

이딴 식으로 사라지면 내가 자신을
찾아올 거라는 사실을.

1. 섬

낯선 번호로 전화가 걸려온 건 지난 금요일 저녁이었다. 정해는 연인 형석과 함께 늦은 식사를 마치고 집으로 향하는 중이었다. 차 안에는 어떤 음악도 없이 고요만이 감돌았다. 가라앉은 분위기의 원인은 뒷좌석에 뒹구는 프러포즈 반지였다.

형석의 프러포즈가 달갑지 않은 건 아니었다. 거절할 이유는 없었다. 형석은 완벽에 가까운 연인이었고, 그와의 미래는 너무나 쉽게 상상되었다. 바로 그것이 문제였는지 모른다. 너무 상상이 쉽다는 것. 기대되는 어떤 예외도 없다는 것. 대부분의 사람들은 행운이라고 부를 이 지루함을 어째서 견딜 수 없는 걸까? 정해는 형석이 끼워준 반지를 네 번째 손가락에서 빼내며 말했다. 당신이 싫은 게 아니야. 마음을 정리할 시간이 필요해서 그래. 조금만 기다려줘. 그랬더니 형석이 물었다.

"그림 때문이야?"

1년 뒤 두 번째 전시를 앞두고 있긴 했다. 제법 큰 갤러리에서 제안을 해왔다. 정해는 고개를 끄덕였다. 형석은 믿지 않는 듯했다.

"아니면 네가 그리는 그림 속 아이 때문이야?"

그 말에는 끄덕이지 않았다.

"늘 바다를 배경으로 쌍둥이를 그리잖아. 하나는 너일 테고, 다른 하나는?"

"그건 그냥…… 콘셉트 같은 거야. 사람들이 좋아하니까 그리는 거지. 아름답고 신비롭잖아. 화가가 자신이 그리는 모든 이미지에 의미를 부여할 거라는 건 착각이자 편견이야."

정해는 자신이 내뱉은 말에 모순이 있다는 걸 알았다. 그림 때문에 답을

미뤘으면서, 그림이 별 의미 없다니. 하지만 모른 척했다. 형석도 더 이상 캐묻지 않았다. 식사를 마치고 스시집에서 나와 형석의 차에 올라탔을 때였다. 형석이 말했다. 기다릴게. 일주일이면 충분하지? 정해는 답했다.

"응. 충분해."

차 안에서 확인한 휴대폰 액정에는 낯선 번호가 떠올라 있었다. 앞 번호가 010이 아닌 지역 번호로 시작해 잘못 온 전화겠거니 했다. 전화가 다시 걸려온 건 형석의 차에서 내려 오피스텔 엘리베이터에 올랐을 때였다.

[우영 씨가 자살했습니다. 오늘 새벽 장자도항에서 익사체로 발견되었어요. 해안가에 버려져 있던 휴대폰에 이정해 씨에게 쓰려던 메시지가 남아 있어 연락드립니다.]

자신을 경찰이라고 소개한 스피커 너머의 상대가 믿을 수 없는 소식을 전했다.

정해는 반응하지 않고 통화를 끊었다. 우영과 자살이라니. 그 두 명사는 공존할 수 없다. 너무 어이가 없는 나머지 우습기까지 했다. 몇 번이나 수신을 거부했음에도 전화는 끈질기게 걸려왔다. 집요한 진동음이 꼭 덫 같았다. 먹음직스러운 미끼를 녹슨 톱니가 둘러싸고 있다. 한 발을 내딛는 순간 돌이킬 수 없게 되리라는 직감이 일지만, 미끼가 미끼인 이유는 그것을 거부할 수 없기 때문이다. 한 번 열렸다가 닫힌 엘리베이터 안에서 정해는 손가락을 수신 버튼으로 가져갔다.

"자세히 말해주세요."

짜증이 날 대로 난 경찰의 말에 의하면, 이렇다.

지난 수요일 고군산군도 미아도에 거주 중이던 우영(32세)이 실종되었다. 그리고 오늘 새벽 6시경 장자도항에서 익사체로 발견되었다. 마지막 목격자는 우영이 실종

당일 만조의 바다 한가운데의 암석 위에
위태롭게 서 있는 모습을 목격했으나,
원래부터 자주 시간을 보내던 장소였으므로
크게 신경 쓰지 않았다. 하지만 정황상 목격된
직후 곧바로 몸을 던진 것으로 보이며 별다른
외상을 확인할 수 없는 점, 2년 전 급작스러운
배우자 사망 이후 지속된 우울증과 종교
활동에 과도하게 열심이었던 점 등을
근거하여 자살로 추정 중이다.

　　설명을 들을수록 이해는 멀어졌다.
정해는 여전히 믿을 수 없었다. 우영이
스스로 목숨을 끊었다고. 고작 배우자를
잃었기 때문에? 웃기는 소리. 그건 우영에
대해 모르는 사람들이 할 수 있는 말이었다.
우영은 미련할 만큼 우직한 애였다. 겉보기와
달리 계산적이며, 자신이 쥔 게 뭔지 정확히
아는 애였다. 무엇보다 우영은 바다에서 죽기
싫어했다. 물에 불은 시신은 보기 흉하다는

이유에서였다. 그런 우영이, 바다에 몸을 던졌다고. 정해는 호흡을 가다듬고 물었다.

"걔가 저한테 남기려던 메시지가 뭔데요?"

우영이 보내려던 메시지는 딱 한 문장이었다.

우리 숨바꼭질 기억해?

실종되었다는 바로 그날이었다.

우영의 고향으로 가는 길은 험난했다. 오피스텔에서 나와 서울 고속버스 터미널까지 가는 데 40분, 고속버스에 오른 후 세 시간을 달렸다. 오전에 출발했는데도 터미널에 내렸을 땐 어느덧 오후 3시가 훌쩍 넘은 시간이었다. 곧장 택시를 잡아타고 장자도 여객 터미널까지 40분을 더 갔다. 미아도로 가는 배편은 정식으로 운영되지 않아 개인 배편을 구해야 했다. 낚시 카페에서 알아낸 선장 번호로 전화를 걸어 배에 오른 게 20분

전이다.

"아가씨, 배 처음 타? 멀미가 심하네.
쓰러지기까지 하구."

정해는 뱃멀미로도 기절을 할 수 있다는
사실을 처음 깨달았다. 한 끼도 먹지 않고
너무 오랜 길을 달려온 탓인지도 몰랐다. 여객
터미널에서 만난 복은이 생수병을 건넸다.

"암튼 거의 다 왔어. 누워서 좀 쉬어."

복은은 장자도항 근처에서 횟집을 한다고
했다. 무려 30년째 운영 중인 횟집이었다.
선착장을 찾지 못해 헤매던 정해를 배까지
안내한 것도 복은이었다. 복은은 미아도
주민은 아니었지만 개인적인 일로 자주
드나든다며 정해를 능숙하게 이끌었다.
간신히 찾아낸 배에 오르고서 이제 한숨
돌리나 싶었는데, 출발과 함께 끔찍한
뱃멀미가 시작된 것이다.

배가 앞으로 확 쏠리는 듯하면 누군가

머리채를 붙잡아 당기는 것처럼 몸이 뒤로 밀려났다가 다시 앞으로 쏠리기를 반복했다. 위액을 토해낼 때마다 장기들이 같이 쏟아져 나올 것 같았다. 그러다 어느 순간 정신을 잃었고, 오랜만에 20년 전 꿈을 꾸었다. 우영이 나오는 꿈. 정해가 그려내는 이미지의 원본이나 마찬가지인 기억.

정해는 그 꿈이 꼭 우영이 건네는 메시지 같았다. 죽음이 목전까지 차올랐던 그날을 떠올려봐. 그때 우리가 나눈 대화를. 우린 함께 죽음의 문턱에서 돌아온 동지잖아. 너도 내가 자살했다고 생각해?

다시 정신을 차렸을 땐 누가 옮겨 놨는지 선실이었다. 무릎 위로 담요가 덮여 있었다. 정해는 복은이 건넨 생수병을 비우고 일어섰다. 배가 흔들리자 또다시 욕지기가 일었다. 혹시 모를 구토를 대비해 담요를 두르고서 갑판으로 나갔다. 배가 목적지에 거의 도착한 듯했다. 저 멀리 안개에 둘러싸인 섬 그림자가 보였다. 거인의 무덤처럼 가파르게 솟은 돌산도 함께. 20년 만에 마주한 영산이었다.

"배는 사흘에 한 번씩 뜹니다! 나가실 분은 오전 7시까지 여기로 다시 모이면 되는디 혹시 그사이에 일이 생겨서 급히 나가야 한다, 하면 나한테 직접 전화주시오!"

걸걸한 목소리의 선장이 안내 방송을 내보내고 얼마 지나지 않아 배가 멈췄다. 승객들이 하나둘 하선하기 시작했다. 흔들리는 바닥이 아닌, 단단히 고정된 땅에 두 발을 디디니 비로소 살 것 같았다. 정해는 고개를 들어 영산을 바라봤다.

영산에는 오래된 전설이 있다. 죽은 자의 소지품이나 뼈를 묻으면 그 사람을 다시 만날 수 있다는 전설이었다. 신령한 기운이 깃든 영험한 산이라 하여 영산. 이 역시

우영이 알려준 이야기였다. 우영은 그 미신을
진심으로 믿었고, 늘 영산에 묻히고 싶어
했다. 산지기가 평생을 함께한 산에 묻히고
싶어 하는 건 당연한 일이라고, 우씨 핏줄
대대로 모두가 같은 욕망을 가지고 있었다고
변명하듯이 말하곤 했지.

　'하지만 그건 혼자서는 불가능해. 죽은
후에 몸이 산에 묻히는지 바다에 버려지는지
어떻게 알겠어? 내 말을 들어줄 사람이
있어야 하는 거야. 그러니까, 죽어서도 날
기억하고 그리워하는 이가 한 명쯤은 필요한
거야.'

　우영에게 영산은 단순한 미신 그
이상이었다. 그러므로 영산의 존재 자체가
우영의 자살을 쉽게 받아들일 수 없는 이유다.
우영이 정말 자살을 택했다면 유서를 남겼을
것이다. 약속을 기억하냐는, 보내지도 못한
문장 한 줄이 아니라 제대로 된 요구를 적었을

것이다. 하지만 경찰의 말에 의하면 유서 같은 건 없었다. 뼛가루만 남은 우영은 원하던 대로 영산에 뿌려졌을까? 아니면 아무 항아리에나 담겨 답답해하고 있으려나?

불쑥 다시 속이 뒤집혔다. 더 이상 바닥이 흔들리지 않는데도 정해는 연이어 구역질을 해댔다. 아직 자리를 뜨지 않은 복은이 다가와 등을 두드리며 손수건을 건넸다.

"아직도 속이 안 좋아? 배가 어지간히 안 맞나 봐야."

사실 이 역함이 어디서 온 것인지 안다. 이건 부정과 분노와 의심, 그리고⋯⋯ 배신감이었다. 그 애가 더 이상 존재하지 않는다는 걸, 정말 먼저 떠나버렸다는 걸, 마지막 모습을 눈에 담지조차 못했다는 사실을 받아들일 수가 없다. 그러니 알아내야 한다. 받아들일 수 있도록. 어떤 의문도 미심쩍음도 남지 않도록. 소화를 하기 위해서는 씹어야 하는 법이다. 이와 혀로 감각해야 하는 것이다. 정해는 이 섬에 아직 남아 있는지 사라졌는지 모를 이를 향해 중얼거렸다. 그러니 영산에서 기다려. 아직 떠나지 말고 날 지켜봐.

"그런데 아가씨는 여긴 왜 온 거여? 아까부터 궁금했는디 하도 멀미를 심하게 해가지고 겨를이 없었네. 묵을 곳은 있어?"

정해는 고개를 저으며 복은이 건넨 손수건의 모서리를 응시했다. 익숙한 문양이 수놓아져 있었다. 아래로 향한 삼지창. 뫼산자를 뒤집어 만든 영산교의 표식. 문양의 아래에는 세 단어가 나열되어 있었다. 재회 소망 사랑.

"재회."

정해는 시선을 돌려 복은을 마주 보며 답했다.

"어떻게 해서든 다시 만나고 싶은 사람이

있어서요."

먼저 내린 승객들은 전부 같은 방향을
향해 나아가고 있었다. 시체 냄새가 풍기는
곳으로 걷는 좀비처럼. 그 느린 행렬의 끝에
있는 건 영산의 진입로일 테다. 어두컴컴한
마을에서 유일하게 환히 빛을 뿜어내는 곳.
정해는 그 빛 속에 누가 있는지 안다. 정해를
바라보는 복은의 눈동자에 달빛이 내렸다.
정해는 복은을 향해 싱긋 미소 지으며
덧붙였다.

"할머니 손수건에 적힌 것처럼요. 재회,
소망, 사랑."

재회 소망 사랑. 그 순간, 복은이 세
단어를 빠르게 중얼거리며 몸을 붙여왔고
마른 나뭇가지 같은 손가락이 정해의 손에
얽혔다. 복은은 집요하게 눈을 맞추며
속삭였다.

"어쩐지, 아가씨한테선 같은 냄새가 났어."

그리고 같은 결승선을 향해 달리는 동지를 보듯이 다정하게 속삭였다.

"상실의 냄새 말이야. 산주님한테 가자. 그분이 다 해결해주실 거야."

❖

땅의 주인을 지주라 부르듯, 이곳에서는 영산의 주인을 산주라 불렀다. 산주라는 호칭에는 단순히 소유자를 뜻하는 걸 넘어 마을의 대표자, 섬의 평안을 관장하는 제사장과 같은 거창한 의미가 함께했다. 영산 자체가 신묘하기도 했으나 대대로 영산의 주인이었던 최씨 집안이 미아도 전체를 아우르는 유지였기 때문이다. 인구수가 현재의 세 배에 달했던 시절에도 최씨 집안의 땅과 배를 빌리지 않은 가구가 없었다고 전해진다. 최씨 집안은 영산의 주인이자 섬의 주인이었고, 온 주민들에게 생계 수단을 부여하는 신 그 자체였다.

하지만 그 모든 영광과 부는 영원하지 못했다. 세상은 빠르게 바뀌었다. 간척 사업으로 섬이 육지가 되었으며 바다를 가로지르는 방조제와 도로가 생겨났다. 미아도는 특유의 애매한 위치로 인해 그 모든 변화에서 비껴갔다. 지척에서 바다가 땅이 되는 현장을 목격한 이들은 더 큰 변화를 꿈꾸며 섬을 빠져나갔고, 인구가 줄어들자 최씨 집안 역시 휘청일 수밖에 없었다. 그 와중에 전대 산주 최함록이 세상을 떠나 막내딸이었던 최양희가 새로운 산주가 되었다.

최양희는 일찍이 한몫씩 챙겨 떠난 다른 형제들과 달리 섬과 산을 사랑했다. 무서울 만큼 분주하게 변하는 육지의 어떤 흐름으로부터 섬과 산을 지키고 싶었다.

그러기 위해서는 가문을 유지해야 했고,
가문을 유지하기 위해서는 사람과 돈이
필요했다. 최양희가 영산에 기도를 올리는
섬의 토속신앙을 다듬어 영산교라는
신흥종교를 만들어낸 건 바로 그쯤이었다.
죽은 자와 재회할 수 있다는 전설은 교리가
되어 사람들의 눈물을 받아먹고 덩치를
키웠다. 하여, 산주님이라는 호칭에는 이제
교주의 의미까지도 함께하게 된 것이다.

정해가 복은을 따라 도착한 곳은 영산의
바로 밑에 지어진 저택이었다. 세 개의 건물이
디귿 자로 자리한 구조였는데, 제일 큰 가운데
건물을 제외하곤 지은 지 10년이 채 되지
않은 것처럼 보였다. 건물은 바뀌었지만
분명 와본 곳이었다. 20년 전에는 이 자리에
최씨 집안의 고래 등 같은 기와집이 늘어서
있었다. 먼저 도착한 사람들은 노란 불빛이

새어 나오는 맨 왼쪽 건물로 빨려 들어가듯이 사라졌다. 세 건물 중 제일 낮았고, 초등학교 강당을 떠올리게 할 정도로 넓었다. 정해는 큼지막하게 걸린 입구의 간판을 읽었다.

"영산교당."

결이 살아 있는 나무에 한자 모양대로 정교히 파낸 간판이었다. 두 번째 글자인 뫼산 자가 거꾸로 뒤집혀 있었다. 복은의 손수건 속 문양처럼.

정해는 복은을 따라 교당 안에 발을 들였다. 향을 강하게 피우는지 내부에는 연기가 자욱했다. 냄새보다 강렬한 건 기도를 읊조리는 이들의 눈빛이었다. 그리고, 소리들. 읊조리다 흐느끼고, 울부짖고, 울음을 간신히 참아내고서 다시 읊조리는 소리들. 땀과 눈물에 젖은 채 기도하는 이들이 가득한 공간은 그 자체로 거대한 슬픔의 덩어리 같았다. 나도 이렇게 보였던 걸까? 복은이 건넨 상실의 냄새, 라는 말이 계속 맴돌았다.
하지만 아직 눈물은 나지 않는다. 눈물은 모든
일을 받아들인 후에야 흘릴 수 있는 것이다.
정해는 비교적 앞에 자리한 복은의 옆자리에
방석을 깔고 앉았다. 난민 수용소처럼
소란스럽던 공간이 불시에 조용해졌다. 단상
위 문이 열리고 흰 소복을 입은 누군가가
들어섰다. 복은이 속삭였다.

"산주님이셔. 아주 어여쁘시지?"

정해는 기억 속의 얼굴을 마주했다.
단정히 쪽진 머리와 나이가 가늠되지 않는
흰 얼굴. 큼지막한 눈은 꼬리가 처졌음에도
어딘가 날카로운 느낌을 줬다. 여자는 세월이
비껴간 듯, 영산만큼이나 그대로였다. 느리게
걸어 나와 단상 앞에 선 최양희가 심호흡을 한
후, 입을 열었다.

"여러분, 미아도가 왜 미아도라 불리는지
아십니까?"

산주의 입에서 오래전에 우영이 해준 이야기들이 흘러나왔다.

미아도라는 이름에 관해서는 세 가지 설이 있다. 고군산군도에서 뚝 떨어져 멀찍이 홀로 남은 모습이 미아가 된 아이 같다 하여 붙여졌다는 추측이 있고, 애매한 위치와 유난히 거친 해류 때문에 배가 길을 잃기 쉬운 섬이라 붙여진 이름이라는 말도 있다. 앞의 두 추측이 기록 없이 그저 전해 내려오는 이야기라면 마지막 세 번째 추측은 조선 후기 고군산군도를 여행했다는 의문의 실학자 윤우정이 적은 일기, 《군도유랑》에 근거한다. 군산시립박물관 지역전시실에서 볼 수 있는 이 일지에는 미아도에 대해 이렇게 설명한다.

"길을 잃은 혼들이 쉬어가는 곳이다. 이 해무로 뒤덮인 작은 섬은 이승과 저승의 경계에 속해 산 자들은 헤매기 십상이다. 어청도의

한 부부가 태어난 지 3년 된 아이를 열병으로
잃고서 미아도의 돌산에 들어가 천 일 동안
마음을 다했더니 죽은 아이의 혼을 만날 수
있었다는 이야기가 군도 전체에 파다했다."

산주 최양희가 설명한 내용이다. 앞의
두 가설은 정해도 아는 것이었으나, 마지막
이야기는 처음 듣는 것이었다. 대부분의
사이비가 그렇듯이 아마 실학자 윤우정은
존재하지 않을 것이다. 시작할 때와 다름없이
단아한 얼굴로 설명을 끝낸 최양희가 이어서
설교의 진짜 목적을 늘어놓았다.

"그러니 여러분도 마음을 다하여
기도해야 합니다. 우리 영산교는 소중한
사람을 잃은 이들의 마음을 어루만지기
위해 존재합니다. 산신님은 감복하면 생과
사의 경계를 넘어 재회를 가능하게 하지만,
모두가 영산에서 재회를 경험할 수 있는 건

아닙니다."

그러고는 싱긋 미소 지으며 덧붙였다.

"정성을 보여야 하죠."

죽은 자를 영산에서 다시 만나기 위해서는 첫 번째, 그의 뼛가루나 소지품이 필요하다. 두 번째, 진심을 다한 기도와 수련이 필요하다. 세 번째, 공양이 필요하다. 여기서 공양은 모든 종류의 재화를 뜻한다. 최양희는 공양, 이라는 단어를 느리게 발음하며 신자들과 눈을 맞췄다. 정해에게도 그 다정한 눈길이 닿았다. 다행히 성인이 된 정해를 최양희는 알아보지 못하는 듯했다. 하긴, 무려 20년이다. 무수한 신자들 틈에서 잠깐 스친 어린아이의 모습을 떠올리는 건 쉽지 않을 테다. 그 순간 정해의 머릿속에 한 가지 계획이 세워졌다.

얼마 뒤, 최양희가 선 단상 위에 벨벳을 덮은 테이블이 세팅되었고 그 위에 대나무를

엮어 만든 커다란 바구니가 놓였다. 사람들이 일어나 앞으로 나아가기 시작했다. 수많은 이들이 한꺼번에 움직이는데도 질서가 있었다. 이 우스운 공양 의식이 정기적으로 진행되고 있다는 뜻이었다. 일렬로 선 이들은 차례가 다가오자 각자 준비한 뭔가를 최양희에게 건넸다. 주로 현금처럼 보이는 봉투였으며, 때때로 문서나 패물도 있었다.

누구보다 먼저 일어나 줄을 선 복은은 기다렸다는 듯이 품 안에서 붉은색 주머니를 꺼내 건넸다. 패물이라기엔 모양새가 판판해 보였고, 현금이라기엔 작았다. 복은이 건넨 게 무엇인지는 알 수 없었으나, 자리로 돌아오는 그의 표정만은 이미 축복을 받은 양 더할 나위 없이 행복해 보였다. 정해는 다시 우영을 떠올렸다. 아마 그는 공양하지 않았을 것이다. 대신 슬픔에 잠긴 이들을 끌어들여 그들의 눈물과 기도를 바쳤겠지.

공양은 한 시간이 넘도록 진행되었다. 정해는 뒤늦게 일어나 공양 줄의 맨 마지막에 섰다. 손에 든 것은 없었다. 이윽고 차례가 왔을 때, 정해는 눈을 내리깔고 미리 준비한 대사를 뱉었다.

"산주님, 전 가진 게 없습니다. 남편은 사기를 당해 전 재산을 빼앗기고 스스로 목숨을 끊었어요. 미련하단 걸 알지만 그에게 묻고 싶은 게 많아요. 어떻게든 다시 만나고 싶어 여기까지 오게 되었습니다."

"안타깝네요. 하지만 여기 모두에게 안타까운 사정이 있죠."

목소리에 귀찮음이 섞여 있었다. 최양희는 바구니를 가리키며 덧붙였다.

"모두가 재회를 경험할 수 있는 건 아닙니다."

"그래서 제가 가진 유일한 걸 공양하려고 합니다. 제 몸이요. 이 섬에서 영산을 위해

일하고 싶습니다. 무슨 일이든 맡겨주세요. 어떤 잡일이라도요. 묵을 곳만 있다면 돈도 필요 없어요. 영산을 위해 일하며 제 정성을 증명하고 싶습니다."

최양희의 까만 동공이 정해를 샅샅이 훑었다. 몸에 바짝 힘이 들어갔다. 대대로 산지기였던 우영의 집안이 대가 끊겼으니, 새로운 인력이 필요할 터였다. 그리고 이 얄팍한 계획은 최양희가 정해를 알아보지 못해야 가능한 것이었다.

"기도회 끝나고 잠시 남으세요."

정해는 자리에 돌아와 앉았다. 독대했을 뿐인데 이마에 구슬처럼 식은땀이 맺혔다. 이후엔 영산에서 재회를 경험했다고 주장하는 이들의 증언이 이어졌다. 하나같이 연기하는 톤이라 믿음이 가진 않았다. 다만 궁금하긴 했다. 만약에 영산에서 죽은 우영을 만난다면, 어떤 기분일지. 넌 이미 죽고 없는데 무슨 말을 해야 할까?

복은은 디없이 경건한 얼굴로 손까지 모은 채 이야기를 경청하고 있었다. 경직된 얼굴의 주름 사이에 믿음이 빼곡했다. 기도회는 심야 기도자 공지가 사흘 뒤라는 말을 마지막으로 막을 내렸다. 신자들은 들어올 때와는 달리 굼뜨게 교당을 빠져나갔다. 정해는 아직 기도회의 여운에 젖은 듯한 복은을 향해 물었다.

"심야 기도는 뭐예요?"

"심야에 산주님과 함께 영산에서 직접 기도 드리는 거여. 그 기도를 드리고 돌아오는 길에 재회를 했다는 이들이 아주 많드라구. 몇 달에 한 번씩 산주님이 공양자 중에 정성순으로 기도자를 뽑아."

정성순이라는 말은 결국 얼마나 많은 공양을 했느냐는 말이었다. 공지가 사흘 뒤라면 얼마 남지 않았는데. 그때였다.

교당 안의 사람들이 빠지자 멀찍이 서 있던 최양희가 다가왔다. 그는 예의 도자기 같은 얼굴로, 상냥함을 담아 정해에게 제안했다.

"노동력을 공양하겠다고 하셨죠. 그렇다면 영산을 관리하는 산지기를 해보겠어요?"

바로, 기다렸던 제안이었다.

"원래 가문 대대로 영산을 관리하는 산지기가 있었는디 사정이 있어서 지금 공석이여. 글서 내가 공양도 할 겸 틈틈이 산주님을 돕고 있었거든. 이제는 아가씨가 할 일이네. 안 가봐서 잘 모르겠지만 여기 산이 심히 가팔라. 일은 힘들긴 한디 도 닦는 마음으루 하면 할 만혀. 일단은 비가 오나 눈이 오나 산주님 길 오가기 쉽게 정돈하구 삿된 것들도 치우고 고사리 캐는 게 다여.

내일 자세히 알려줄 랑게 오늘은 일찍 자.”

정해는 복은을 따라 걸었다. 최양희가
복은에게 산지기가 쓰던 방을 주라고 했으니,
지금 향하는 곳은 우영이 쓰던 방일 테다.
교당의 맞은편, 비교적 낮은 세 번째 건물로
들어서자 퀴퀴한 곰팡이 냄새가 훅 끼쳐왔다.

“산지기는 어디 갔는데요?”

정해는 알면서도 물었다. 복은은 덤덤히
답했다.

“사고로 죽었어.”

방은 3층 건물의 제일 끝에 있었다.
크기는 10평 정도로, 방 안에 작은 화장실이
딸려 있었다. 복은은 간단한 안내 끝에 내일
아침 8시에 오겠다는 말을 남기고 떠났다.
먼지 가득한 방에 혼자 남은 정해는 일단
창문을 열었다. 오랫동안 환기하지 않은 건지
공기가 텁텁했다. 창밖으로 돌산의 진입로가
시원하게 내려다보였다. 이불을 털고 나서

방 전경을 천천히 눈에 담았다. 낮은 싱글
침대, 10년 전 교무실에서 썼을 법한 나무
책상과 서랍, 낡은 옷장이 전부였다. 기억을
뒤져보았지만 우영의 방에 머물렀던 적은
없었다. 늘 우영이 자신에게로 왔었으니까.

복도에 아무도 없는 것을 확인한 뒤
정해는 방 안을 뒤지기 시작했다. 이미
우영의 물건 같은 건 전부 정리했겠지만,
그래도, 혹시나 남아 있는 게 있다면. 한참을
뒤졌음에도 수확은 없었다. 서랍도, 옷장도,
영화처럼 숨겨진 공간이 있을까 싶어 벽까지
두드려 보았으나 마찬가지였다. 정해는
그대로 침대 위에 널브러졌다. 누운 채로
정면을 보자 천장 쪽 벽에 위치한 환풍구가
보였다. 우영의 습관 하나가 머리를 스치고
지나간 건 바로 그때였다. 꼭 우영이 힌트를
건네기라도 한 것처럼.

침대를 밟고 올라서서 환풍구 뚜껑을

뜯어냈다. 그 안에 손을 밀어 넣자 무언가
걸렸다. 물건을 확인하기도 전에 단서를
쥐었다는 쾌감이 목덜미를 타고 흘렀다.
정해는 손에 끌려 나온 물건을 쥐고서 침대에
앉았다. 먼지 때문에 코가 간지러워 재채기가
쏟아졌다. 손을 펼쳐 내용물을 확인했다.
먼지와 함께 나온 것은 열쇠였다. 액자식
펜던트가 함께 달려 있었다. 정해는 배
위에서만큼이나 울렁이는 마음을 뒤로하고
이음새를 벌려 펜던트를 열었다. 지나간
세월이 그 안에 박제되어 있었다.

　숨바꼭질을 했던 그날의 사진이었다.
우영은 야자수가 그려진 민소매 위에 청
재킷을 걸치고 있었고 정해는 치렁치렁한
레이스가 달린 원피스 위에 여름용 체크무늬
코트를 입은 채였다. 그 뒤로 영산의 가파른
능선이 펼쳐졌다. 외할머니가 한참 필름
카메라에 빠져 있었던 기억이 난다.

그러니까, 20년 전이었다. 그때 정해는
한창 죽고 싶은 열두 살이었다.

2. 뼈

열두 살의 기억 중엔 좋은 게 거의 없다.
정략결혼을 했던 부모님은 아빠의 사업이
휘청이면서 자주 싸웠다. 서로의 조건을
보고 결혼했는데 그 조건이 깨어졌으니
이혼 이야기가 나오는 건 당연했다. 엄마는
매일같이 술을 마셨고 아빠는 집에 들어오지
않았다. 술에 취한 엄마는 늘 정해에게 피가
되고 살이 되는 이야기를 들려주었다. 아무도
해주지 않는 이야기를.

외할머니는 지방의 오랜 지주이자
투기꾼이었다. 친할아버지는 강남의
사업가였다. 사업을 하려면 현금이

필요했으므로 엄마와 아빠는 결혼이라는 일종의 계약을 하게 되었다. 여기까지 말하고서 엄마는 술을 다시 한 모금 넘겼다. 그리고 진짜를 이야기해주었다. 세상은 원래 그런 식으로 돌아가는 거란다. 정해야, 너도 계산을 잘 해야 해. 네가 누구인지는 사실 그리 중요하지 않아. 너를 둘러싼 것들이 중요하단다. 하지만 사람들은 그렇게 말하지 않을 거야. 그들은 진짜 삶과 진짜 사랑이 따로 존재한다고 믿지. 그런 건 없어.

술에 취한 엄마가 동화책 대신 읊어주던 이야기를 정해는 가슴에 새겼다. 그리고 한 가지 진실을 도출해냈다. 엄마와 아빠가 서로 사랑하는 게 아니라면, 두 사람이 헤어졌을 때 나는 누가 키우나?

두 사람 사이의 이상 기류를 정해 역시 충분히 감지하고 있었다. 아이는 부모의 변화에 누구보다 예민한 법이니까. 정해는 버림받을까 두려웠고, 이어서 분노했다.
그건 아이가 가지는 생존에 대한 공포였다.
그리고 근원적인 배신감이었다. 날 만든 건
당신들이잖아. 그럴듯한 액세서리를 갖추기
위해 날 세상으로 끄집어냈잖아. 그런데 이제
와서 버리겠다고?

　　여름방학을 맞이한 어느 날, 엄마가
먼저 집을 나갔다. 외할머니 집으로 가는
차 속에서 정해는 사지를 비틀며 발악했다.
외할아버지가 붙잡아 재갈을 물리고
옷으로 묶어야 할 정도였다. 어른들의
손등에 잇자국을 남기며 정해는 생각했다.
호락호락하게 버림당하지 않을 것이다.
버려진 곳에서 유순하게 크지 않겠다. 어떻게
해서든 상처 입힐 테다. 당신들이 나를
버린 걸 후회하도록. 하지만 어떻게? 오랜
고민 끝에 정해가 도달한 답은 하나였다.
진짜 사라져버리기. 그래서 그놈의 가짜

가족사진에 오명을 씌울 수 있도록.

　　당시 서해안 일대는 간척 사업이 한창이었다. 외할머니는 일찍이 육지가 될 근방의 섬들을 헐값에 사들여 이익을 보고 있었다. 고군산군도까지 육로가 나는 건 확실했으나, 미아도는 조금 애매했다. 육로가 닿지는 않지만 어째선지 고급 리조트가 들어선다는 소문이 돌았다. 방조제 건설에 참여한 대기업이 부가 이익을 위해 관광 사업에도 손을 대기로 했다는 꽤 구체적인 소문이었다. 외할머니는 그 소문을 반 정도만 믿었다. 사람을 시켜 소문이 진짜인지 확인하게 한 후 곧장 미아도로 향했다. 땅은 직접 보고 사야 한다는 게 외할머니의 신조였다. 외할머니의 지프차에는 늘 정해도 함께였는데, 어렸을 때부터 좋은 땅을 보고 다녀야 어떤 땅이 돈이 되는지를 안다는 이유에서였다.

배에서 내리자 선착장에 당시 산주였던 최함록이 마중 나와 있었다. 그는 서해안 황금손이라고 불리던 외할머니의 방문에 꽤 들뜬 것처럼 보였다. 미리 준비된 차량을 타고 섬을 한 바퀴 돌았다. 한 시간도 채 걸리지 않았다. 다음에는 영산을 올랐는데, 곳곳에 뜬금없는 물건이 놓여 있었다. 정해는 나무에 걸린 모빌로 손을 가져갔다. 걸린 지 얼마 안 된 듯 플라스틱으로 된 새들이 햇빛을 받아 반짝이고 있었다. 그 순간, 어깨 뒤에서 불쑥 나타난 손이 정해의 손목을 붙잡았다.

"산에 있는 건 멋대로 만지면 안 돼. 죽은 사람들을 위한 거야."

우영에 대한 첫인상은, 바위 같다는 것이다. 미아도 앞바다 곳곳에 덩그렇게 자리한 암석들처럼 투박해 보였다. 우영이 먼저 손목을 놓았고, 정해는 얼굴을 잔뜩 찌푸린 채 우영을 올려다보았다. 햇살이 너무 강해 얼굴을 보려면 눈을 제대로 뜰 수가 없었다. 그러다 어른들을 따라 산길을 마저 올랐다.

힘겹게 도착한 곳은 정상에서 조금 아래 지점, 미아도 앞바다가 훤히 내려다보이는 절벽이었다. 그곳에 피크닉 매트를 깔고 어른들은 반주를 즐겼다. 그날 외할머니는 미아도와 영산의 자연 풍경에 완전히 매료되었다. 수많은 땅을 가보았지만 이런 풍경은 본 적이 없었다며, 기분 좋게 취한 채 하루를 머물고서 바닷가 앞의 교회 건물을 샀다. 한 달 동안 머무르며 리조트가 들어온다면 괜찮은 목이 어디인지를 볼 것이라고 했다. 충동적으로 타지 생활을 결심한 외할머니는 홍조 오른 얼굴로 정해에게 물었다. 네가 정하렴. 돌아갈 거니, 여기 함께 있을 거니? 어차피 어디에도 네 엄마는 없어. 입에서는 익숙한 술 냄새가

달달하게 풍겼다. 정해는 후자를 택했다. 죽은
자들의 산이 마음에 들었기 때문이다.

그렇게 한 달간의 섬 생활이 시작되었다.
어른들은 어른들끼리 어울렸고, 미아도에는
또래 아이가 몇 없었으므로 정해는 자연스레
우영과 시간을 보내게 되었다. 우영은
웃겼다. 과하게 긴장한 사람은 우스꽝스러운
실수를 하기 마련이니까. 우영은 항상 긴장한
탓에 놀릴 거리가 많았다. 우영은 신기한
이야기들도 많이 알았다. 갯벌에서 어떤
생물을 만날 수 있는지, 키조개를 잡으려면
어떻게 해야 하는지, 어른들이 갓 잡아온
문어와 우럭을 어떻게 손질하는지 같은 것.
그런 건 집에서는 아무도 알려주지 않는
것들이었다.

정해가 제일 좋아했던 건 영산에 관한
이야기였다. 정확히는 그런 미신을 믿는
한심한 사람들의 이야기였다. 이 작은 섬에는

한 해 백여 명이 방문하는데, 그중 삼분의
이가 미신을 믿고 찾아오는 이들이라고 했다.
영산교가 존재하지 않던 시절이었다. 전대
산주 최함록은 영산을 이용해 다른 이익을
추구하는 건 불손한 행위라고 여겼지만,
알음알음 찾아오는 이들의 정성까지는
무시하지 않았다. 그렇게 찾아온 이들은
영산에 올라 나뭇가지나 바위에 보고 싶은
이들의 물건을 두고 갔다. 정해가 만지려던
모빌도 그중 하나였다.

　　"어느 정도 시간이 지나면 그걸 치우는 게
내 일이야. 물건들이 계속 쌓이기만 하면 산이
무지 지저분해질 테니까."

　　사람들은 우영의 아빠를 산지기,
우영보고는 산지기 딸이라고 불렀다. 산
자체는 최씨 집안의 소유였지만 대대로
관리를 도맡아 하는 건 우영의 집안이었다.

　　"고용주와 직원 같은 관계지. 아주

오래된."

"너도 산지기를 할 거야?"

우영은 당연한 소리를 하냐는 듯 고개를 끄덕였다.

"이 안에서 평생을 산다고 하면 답답하지 않아?"

"지금도 배 타면 얼마든지 밖에 다닐 수 있는걸. 그리고 난 영산이 좋아. 내 손으로 직접 가꾼 영산에 묻히고 싶어."

그러고는 조심스레 덧붙였다.

"하지만 그러려면 가족이 있어야 해. 날 묻어줄 수 있는."

"네 아빠 있잖아."

"아빠는 당연히 나보다 빨리 죽게 되잖아."

정해는 나뭇가지로 갯벌을 파며 중얼거렸다.

"아빠가 죽기 전에 죽으면 되지."

그 말에 우영이 뭐라고 답했는지는

기억나지 않는다.

　　미아도에 머문 지 일주일째 되는
날이었다. 스마트폰도 뭣도 없을 때라
하루하루가 끔찍할 만큼 지루했다. 정해는
우영과 섬에서 유일한 슈퍼의 평상에 앉아
갯벌을 바라보고 있었다. 해가 지는 시간에
맞춰 파도가 점점 밀려오기 시작했다. 저 앞
갯벌 한가운데에 거북이 등껍질처럼 덩그러니
놓인 암석은 어느덧 반 넘게 자취를 감춘
후였다.

　　"밀물이야. 만조가 되면 여기 바로 앞까지
물이 차."

　　우영이 훌쩍 부두 밑으로 내려가 갯벌에
발을 올리며 말했다. 우영의 머리 위로 타면서
지는 해가 겹쳐졌다.

　　이후에도 정해는 우영과 자주 갯벌에
갔다. 맨발을 더럽히며 뛰었고 뻘을

뒤집어쓰며 놀았다. 우영은 정해가 하자고
하는 모든 것에 좋다고 했다. 조개껍데기를
줍자고 해도 좋다 했고, 주운 조개껍데기로
팔찌와 목걸이를 만들자 해도 좋다 했다. 만든
목걸이를 머리에 얹고 춤을 추라고 해도 좋다
했다. 우영은 정해의 모든 걸 좋다고 했다.
우영과 노는 동안에는 버림받았다는 생각이
들지 않았다.

　여름방학이 얼마 남지 않았을 때였다.
한 달이 조금 안 되는 사이, 미아도의
리조트 개발 건은 헛소문으로 판명 났다.
더는 투자가치가 없다는 결론이 나자마자
외할머니는 머물던 교회 건물을 다시
내놓았다. 리조트 건에 낚인 대학교수가
건물을 비싸게 사갔다 들었다. 섬에 머물 날이
얼마 남아 있지 않았다는 뜻이었다.
　우영과 일출을 보기로 한 날이었다.

정해는 새벽 5시에 일어나 밖으로 나갔다.
외할머니가 뒷마당 테라스에서 휴대폰을
붙들고 있었다. 유난히 고요했던 새벽, 통화
내용이 서늘한 바람을 타고 정해의 귀에
닿았다.

"그럼 정해는 어쩌라고? 여기 계속 둘
작정이야? 애 생각은 안 하니? 네가 그렇게
멋대로 짐을 빼버리면 재판에서도 분명
불리하게…… 이해할 수가 없다. 애 아빠가
바람피웠다고 똑같은 짓을 해?"

정해는 자신이 중요한 목표를 잊고
있었다는 걸 깨달았다. 섬에 오기 전의 일을
하나하나 곱씹자 가장 먼저 떠오르는 건 매일
밤 진짜 사랑 같은 건 없다고 속삭이던 엄마의
목소리다. 다음은 밖에서 잠긴 문 같던 아빠의
침묵. 정해는 그 둘을 되새기며 할머니가
알아채지 못하도록 조용히 뒤돌아 방으로
돌아갔다. 우영과의 약속을 무시하고 이불

속에 틀어박혀 계속 눈을 감고 있었다. 이미
죽은 것처럼 가만히. 푸르스름한 새벽 어둠
사이로 단 하나의 목적이 떠올랐다. 오늘이
바로 그날이라는 생각이 들었다.

다시 눈을 떴을 땐 해가 중천이었다.
채비를 끝낸 외할머니가 태연히 정해를
깨웠다.

"나갈 준비하렴. 오늘 점심은 최씨네랑
바닷가에서 먹기로 했다. 송별회를
열어준다지 뭐니."

정해는 침대에서 나와 옷을 차려입었다.
레이스 원피스에 여름용 체크무늬 코트를
걸쳤다. 미아도 앞바다에는 이미 최씨
집안과 동네 어른들이 나와 있었다. 갯벌이
내려다보이는 부둣가에서 바비큐 파티가
준비 중이었다. 우영은 어른들 사이에 섞여
잔심부름을 도맡고 있었다. 아직 대낮인데도
밤을 새운 사람처럼 피곤해 보였다. 설마 계속

기다린 건 아니겠지. 눈이 마주쳤으나 우영은
시선을 피했다.

정해는 고기 몇 개를 집어 먹고서 갯벌로
내려가는 계단에 걸터앉았다. 얼마 지나지
않아 우영이 먼저 다가왔다. 하고 싶은 말이
많아 보였지만 정해는 묻지 않았다. 대신
우영을 올려다보며 말했다.

"우리 숨바꼭질하자. 술래는 가위바위보로
정하는 거야. 어때?"

우영은 고개를 끄덕였다. 늘 그랬듯이.

첫 게임은 정해의 패배였다. 우영이
먼저 숨었지만 게임은 금방 끝났다. 계속
어른들이 심부름을 시켰기 때문에 우영은
어차피 오래 숨어 있을 수 없었다. 이제
정해가 숨을 차례였다. 시간은 오후 4시를
넘겼고, 입에 기름칠을 한 어른들은 한껏 취해
널브러져 있었다. 우영에게 백까지 세도록
시키고서 정해는 갯벌을 가로질렀다. 우뚝

솟은 암석을 향해서 한참을 걸었다. 그러는
사이에도 파도는 점점 밀려오고 있었다.
흰 레이스 원피스와 코트에 진흙을 묻히며
암석을 타고 올랐다. 우영과 등껍질바위라고
부르는 암석의 가운데에는 작은 굴처럼
안쪽으로 둥그렇게 파인 공간이 있었다.
정해는 그 안에 몸을 밀어 넣고 무릎 사이에
얼굴을 파묻었다. 아무도 이곳에 자신이 들어
있다고 알지 못할 것이다. 바닷물은 점점
밀려들 테고, 이 암석은 곧 물에 잠길 것이다.
전부 잠기진 않겠지만 어쨌든 밀려온 물은
안쪽까지 들어찰 테고, 몸의 모든 구멍으로
파도가 밀려올 것이다. 정해는 눈을 감고서
퉁퉁 불은 익사체로 발견된 자신을 상상했다.
외할머니와 엄마, 아빠가 절대 헤어날 수 없는
구렁텅이에 빠지는 장면을 상상하자 기분이
좋아졌다. 부주의로 아이를 잃은 부모. 평생
그토록 신경 쓰던 남들의 연민 어린 시선을

받으며 살겠지. 정해는 어서 빨리 물이 찼으면
하고 바랐다. 그런데 그 순간, 불쑥 우영의
얼굴이 스쳤다. 그 애에겐 퉁퉁 불은 모습은
보여주고 싶지 않았다. 그건 너무 미안한
일이었다.

하지만 이미 늦었지.

한번 기울기 시작한 해는 빠르게 졌다.
어른들이 자신을 찾는 소리가 파도 사이로
흘러들었다. 지는 해 옆에는 이미 연하게 달이
떠 있었다. 그 안에 있자 꼭 세상에 혼자 남은
듯한 기분이 들었다. 모두에게 버림받은 게
아니라 자신이 모두를 버린 거라고. 하늘은
빠르게 어두워졌고, 물 역시 점점 검어졌다.
진흙으로 얼룩진 피부는 빠르게 차가워졌다.
정해는 고작 열두 살이었고, 망망대해의 암석
위에 홀로 웅크려 있었다. 죽음의 기운은
상상보다 더 빠르게 목전까지 차올랐다. 검은
파도가 흡사 사신의 손가락 같았다. 그 아늑한

구멍 안에서, 정해가 뒤늦게 깨달은 사실이

하나 있다. 이 멋진 자살 계획은, 서투른

복수의 시나리오는 너무 두렵다는 것이다.

정해는 죽음을 얕봤다. 무섭다, 무서워서

죽을 것 같았다. 죽고 싶었는데 정말 죽을

것 같자 두려웠다. 도망치고 싶다. 아니,

도망쳐야만 했다! 정해는 구멍에서 나와

네발로 기어 앞으로 나아갔다. 암석에

걸터앉으면 발목이 잠길 만큼 수위가

불어났다. 이제 와서 수영을 못하는

자신이 헤엄쳐서 돌아가기란 불가능에

가까워 보였다. 거북이 등껍질 같은 암석은

곳곳이 진녹색의 이끼와 해조류로 뒤덮여

미끄러웠고, 한 발 한 발을 내딛을 때마다

조마조마했다. 암석 위에 서서 살려달라고

소리를 질렀지만 보이는 건 아무것도 없었다.

파도 소리가 너무 커서 아무도 듣지 못하는

듯했다. 어쩌면 듣고도 듣지 못한 척하는 게

아닐까? 사실 내가 사라지기를 기다렸던 건 아닌가? 그렇지 않고서야 이렇게 배 한 척 다니지 않을 리가. 눈물이 솟아났다. 정해는 울면서 내려와 다시 구멍 안에 몸을 웅크렸다. 바닷물이, 죽음이 저 밑에서 찰랑였다. 그 순간이었다. 물속에서 갈퀴처럼 마른 팔이 튀어나와 암석을 더듬었다. 정해는 드디어 심해의 사신이 자신을 데리러 왔다고 생각했다. 겁에 질린 채 암석을 타고 올라 구멍으로 발을 딛는 형체를 주시했다. 검은 바닷물 속에서 나타난 유령은 정해를 향해 태연히 말했다.

"찾으러 왔어."

어른들은 네가 갯벌에 갔을 거라고는 생각하지 않았어. 나도 그랬어. 네가 네 발로 여기 올 거라고는 생각지 못했어. 넌 발이 지저분해지는 걸 싫어하잖아. 갯벌에서 놀

때도 꼭 장화를 신었지. 그런데 오늘은 장화를
챙기지 않았길래. 하지만 찾아야 한다고는
생각했어. 내가 찾지 않으면 넌 돌아오지 않을
것 같았거든.

온 동네 사람들이 마을을 샅샅이 뒤졌어.
사람들은 수군거렸지. 절벽에서 발을
헛디뎠나? 산에서 저승의 경계를 넘어버린
걸까? 아니면 파도에 휩쓸린 걸까? 그럴
수 있지. 바다에 둘러싸여 있다는 건 그런
거니까. 결국 사람을 모아 다른 배를 띄웠지만
너는 보이지 않았어. 해경은 날씨가 좋지 않아
여기까지 오는 데는 시간이 오래 걸릴 거라고
했어. 어른들은 하나둘 포기했고, 네 할머니는
쓰러지기까지 했어. 하지만 나는 그제야 네가
어디 있는지 알 것 같았어. 네가 등껍질바위에
난 구멍에 몸을 밀어 넣고 아늑하다고 했던 게
떠올랐거든.

아직 만조까진 아니었어. 나는 갯벌에

발을 디뎠어. 계속 안으로 걸어 들어갔고, 수위가 목을 넘겼을 땐 헤엄치기 시작했어. 밀물이라 몸은 계속 뒤로 밀려났어. 힘이 배로 들었지. 내가 저 바위에 도착하더라도, 그땐 물이 더 차 있을 테고 헤엄쳐서는 돌아갈 수 없으리라는 걸 알았어. 그래도 나아갈 수밖에 없었어. 그건 분명 내 선택이야. 그러니까 내가 죽어도 미안해할 필요는 없어. 하지만 넌 죽지 마. 우영은 의식을 잃기 직전까지 계속 말했다.

완전한 밤이었다. 눈에 보이는 모든 게 어두웠고, 손에 닿는 모든 게 차가웠다. 겉옷을 뒤집어쓰고 몸을 붙이자 혼자일 때보단 덜 무서웠다. 뻗으면 닿는 존재가 있다는 사실만으로도 버틸 수 있을 것 같았다. 정해는 얼핏 잠들었다. 그리고 다시 일어났을 때, 정해는 우영의 상태가 이상하다는 걸

알아챘다. 입술이 새파랬고 몸은 불덩이처럼
뜨거웠다. 공포에 질린 정해는 구멍에서
나와 다시 있는 힘껏 소리를 질렀다. 우영이
죽어간다고, 살려달라고 외쳤다. 어스름한
새벽이었으나 파도는 여전히 정해의 목소리를
죽였다. 정해는 우영에게 돌아가 계속 말을
걸었다. 어쩌자고 여기까지 헤엄쳐 온 건지,
어른들은 도대체 무얼 하고 있었는지, 넌
무슨 생각을 하고 사는지. 우영이 중얼거림을
멈출 때마다 정해는 공포에 질렸다. 우영이
죽는다고? 내 눈앞에서? 나보다 먼저?

　"먼저 죽으면 절대 영산에 묻히지 못할 줄
알아. 네가 해달란 대로는 단 하나도 해주지
않을 거야. 그러니까 죽으면 안 돼. 이건
약속이야. 약속 지킬 거지? 그렇지?"

　계속 우영의 귓가에 속삭였다. 정해의
말을 알아듣는 것인지, 열 기운 때문인지
우영은 간혹 고개를 끄덕였다. 그러는

사이 가득 찼던 물이 점점 빠져나갔다.

수위가 얕아지고 있었다. 저 앞에 해경인지

고깃배인지 모를 배 한 척이 지나갔다. 정해는

구멍에서 나와 다시 암석의 꼭대기에 올랐다.

그리고 양팔을 흔들며 살려달라고, 우영이

죽어간다고 소리 질렀다. 배가 응답하듯

반짝였다.

　다음 순간, 정해는 흔들리는 배의 선실에

있었다. 담요를 두르고서 막 해열제를 삼킨

우영을 마주 보고 있었다. 파도를 타는

배의 리듬이 흔들리는 요람에 누워 있는

듯 편안했다. 우영이 졸음기 가득한 눈으로

입을 뻐끔거린다. 소리가 머릿속에서 들리는

듯하다.

　"나 약속 지켰지."

　정해는 대꾸했다.

　"네가 지키긴 뭘 지켜."

눈을 떴을 땐 커튼 너머로 아침 햇살이
스미고 있었다. 누군가 방문을 두드렸다.
도시락 통을 두 개나 든 복은이 문을 열고
들어섰다.

"내 거 싸면서 아가씨 것두 같이 만들었어.
일단 산 한 바퀴 돌면서 길부터 익혀야지."

정해는 지난 꿈의 여운을 뒤로하고
서둘러 챙긴 뒤 복은을 따라나섰다. 새벽
산은 생각했던 것보다 더욱 서늘했다. 이미
해는 떴지만 이곳만은 빛이 들지 않는 것
같았다. 영산의 꼭대기로 향하는 길은 예전과
마찬가지로 하나였다. 워낙 험준하기도 했고
돌산인 탓에 바닥이 미끄러워 더욱 위험했다.

정해가 해야 하는 일은 유일한 진입로인
길을 산주가 거닐기 쉽게 다듬고, 깨끗이
관리하는 것이었다. 산을 오르며 보니 나무에

드문드문 리본이나 목걸이, 장난감 같은 것이 걸려 있었다. 아마도 죽은 자들의 물건이겠지.

"가끔 산에 몰래 들어온 신자들이 뭘 걸어놓곤 해. 아침마다 한 바퀴씩 돌면서 그런 게 발견되면 다 치워."

오래전에 우영이 하던 일이었다.

"절박한 마음은 알겠지만, 그렇게 격식 없이 마구잡이루 물건을 걸면 오히려 영산이 노혀."

한참을 걷던 복은이 바위 사이의 덩굴 같은 걸 가리켰다.

"저건 고사리. 여기서만 나는 거라는디 원래 고사리보다 독성이 조매 더 세대. 그러니까 이건 보이는 족족 캐내야 혀. 고사리 생으루 먹으면 안 되는 건 알지? 그래도 잘 손질해서 익히면 먹을 수 있는 거니까 다 캐 가지고 주방 앞에 갖다 둬."

호미를 챙겨야겠네요. 정해가 말하자

복은이 고개를 끄덕였다. 산길은 점점 가팔라졌다.

"복은 님도 심야 기도에 참가하신 적 있나요?"

"난 없어. 다들 어마어마하게 공양을 드리더라구."

그러고는, 잠시 뜸을 들이다 덧붙였다.

"하지만 이번엔 하게 될 거 같애. 아니, 꼭 할 거여."

확신하는 복은의 얼굴이 너무 즐거워 보여서, 정해는 불쑥 궁금해졌다. 복은은 무엇을 얼마나 공양한 걸까. 하지만 굳이 묻지 않았다. 대신 다른 걸 물었다.

"누구를 그렇게 보고 싶으신데요?"

"딸. 20년 전에 화재 사고로 갔거든. 갸 생일이라 미역국 끓여놓고 기다리는데 암만 기다려도 안 오는 거여. 생일 축하한단 말을 끝까지 못해줘 가지구……."

복은은 말을 채 끝마치지 못했다. 그러는 새에 정해와 복은은 중간 절벽에 도착했다. 정상에 오르기 전, 바다를 향해 툭 튀어나온 지점이었다. 미아도 앞바다가 시원하게 내려다보였다. 저 아래 익숙한 형체도 보였다. 이끼와 따개비로 가득한 등껍질바위였다. 시간이 지났음에도 암석은 그 자리를 여전히 지키고 있었다. 그게 꼭 누군가를 떠올리게 했다. 정해는 불쑥 물었다.

"혹시 산지기가 어쩌다 죽었는지 아세요? 제 또래였다니까 궁금해서."

복은의 눈은 정해와 같은 지점을 바라보고 있었다. 시공간을 넘어 다른 순간을 목격하고 있는 듯한 눈이었다. 거북이 등껍질을 닮은, 섬이 되지 못한 암석. 거북이는 백 년을 넘게 산다고 하지. 그동안 얼마나 많은 죽음을 목격했을까? 얼마 뒤, 복은이 챙겨온 도시락을 꺼내며 답했다.

"내가 내막을 어찌 알겠어? 영산이 벌한 데에는 다 이유가 있지 않을까 하는 거여."

벌이라니. 경찰은 우영이 자살했다고 말했다. 암석에 위태롭게 서 있는 걸 본 목격자가 있다고 했다. 스스로 물에 뛰어들었다면, 그걸 벌이라고 말할 수 있나?

나무젓가락을 벌리던 복은이 문득 정해를 바라보았다.

"그런데 내가 산지기가 아가씨 또래라고 말한 적이 있나?"

정해는 복은이 만들어온 고사리 볶음을 씹어 삼키고서, 어깨를 으쓱하며 대꾸했다.

"어제 방 안내하면서 알려주셨잖아요."

복은은 잠시 고민하는 듯하더니, 홀리듯이 말했다.

"그 산지기가 산주님 며느리였어. 그런데 영산 가지구 욕심을 부리다가 벌받은 거여."

"무슨 욕심을 부렸는데요?"

"갸가 영산을 팔아버릴라고 했거든."

그 말에 불쑥 떠오르는 일이 있었다.
미국으로 유학을 가기 직전의 일이다.
그러니까, 우영을 마지막으로 만났을 때.
레이스 원피스에 잔무늬 코트를 입은 우영은
말했다. 넌 계속 더 멀리 가는구나. 나는
돌아가야겠어. 어디로? 어디긴 어디야,
섬이지.

"산주님이 돌아가셨대."

그리고 숨을 깊게 들이마신 뒤, 눈이
내리는 창밖을 보았다.

"영산을 나한테 물려주셨어."

❖

숨바꼭질 이후 우영을 다시 만난 건 8년이
지나 막 성인이 되었을 무렵이었다. 그 8년
사이에 정해는 예중, 예고를 졸업했고 아빠의

사업은 다시 정상 궤도에 올랐다. 엄마와 아빠는 다시 완벽한 부부를 연기했는데, 어느 순간부터는 그게 연기인지 진짜인지 모를 지경에 이르렀다. 허무하게도 제법 사이가 괜찮아졌다는 말이다.

열두 살에서 열여섯 살까지 4년 동안 정해는 모든 일을 우영과 공유했다. 정해가 우영에게 직접 선물한 휴대폰이 둘을 이어주는 유일한 끈이었다. 그림 역시 우영 때문에 그리게 된 것이나 마찬가지였다. 우영이 문자나 전화로 이야기해주는 여름 이후의 미아도 풍경을 상상해서 그리는 게 즐거웠기 때문이다. 그림을 다 그리고 사진을 찍어 보내면 우영은 얼마나 비슷한지, 자신의 감상이 어떻고 네 그림 실력이 얼마나 천재 같은지 이야기해줬다. 우영은 자주 말했다.

[넌 커서 꼭 화가가 될 거야. 엄청 유명한 화가가 되면 나도 꼭 그려줘.]

하지만 예고에 입학한 후로는 많은 게
바뀌었다. 섬에서의 기억은 너무 멀어졌고,
시간을 거스르는 사람처럼 산과 바다와
뻘을 이야기하는 우영이 정해는 지겨워졌다.
도시란 지루함을 견딜 수 없게 만드는
공간이었다. 그런 도시의 원리를 따라 정해도
변해갔다. 새로 사귄 친구들과 지구 반대편의
예술가나 코앞에 닥친 미래를 이야기하다
보면 우영의 말 같은 건 너무 시시하게
느껴졌다. 연락의 빈도는 자연스럽게
줄어들었다. 정해는 언젠가부터 우영의
메시지에 답하지 않게 되었다.

그렇다고 정해가 우영을 완전히 잊은
것은 아니었다. 정해는 꽤 자주 우영을
생각했다. 하지만 다시 만나리라고는
예상치 못했는데, 정해에게 우영은 영산
혹은 등껍질바위나 마찬가지인 존재였기
때문이다. 섬과 바위는 움직이지 않으니,

우영도 언제까지고 그 섬에 있는 게 당연했다. 말하자면 제2의 고향 같은, 정해가 찾아가지 않으면 구태여 찾아오지 않는 존재. 그래서 퇴근 시간대를 앞둔 선릉역에서 마주쳤을 때 정해는 당황할 수밖에 없었다.

두 번째 수능을 친 다음 날이었다. 정해는 선릉역과 한티역 사이에 있는 학원에 짐을 빼러 가는 길이었다. 지하철역 앞에서 몇몇 이들이 전형적인 방식으로 포교 활동을 벌이고 있었다. 지나가는 사람을 붙잡고 심리 테스트, 사주, 엠비티아이 등을 언급하면서. 미래가 불안정한 수험생은 만만한 먹이였기에 정해는 금세 붙잡혔다. 야구 모자 위에 후드집업을 뒤집어쓰고 있어서 상대방의 얼굴이 보이지 않았다. 포교자의 목소리가 먼저 닿았고, 어째선지 익숙하다는 생각이 들었다.

"보고 싶은 사람 없으세요? 타로 카드로

그 사람을 다시 볼 수 있을지 점쳐……."

눈이 마주쳤다. 상대방은 말을 채 끝내지 못했다. 우영은 레이스가 나풀거리는 원피스에 체크무늬 코트를 걸치고서, 낯선 종교명이 적힌 팸플릿을 안고 있었다.

〈영산교〉

부쩍 자주 보이는 사이비 종교 중 하나였다. 장례식장이 주 포교 장소라 몇 번 방송을 타기도 했다. 이름이 익숙하긴 했지만 정해는 영산교라는 이름이 미아도의 영산을 가리킨다고는 생각지 못했었다. 지하철에서 이승과 저승의 경계, 죽은 자의 목소리를 접하는 법 따위가 적힌 오컬트스러운 패널을 들고 시끄럽게 구는 신자를 보았을 때도 마찬가지였다. 가장 믿을 수 없는 건 우영이 그런 이들 중 한 명이 되었다는 사실이었다. 우영은 산이고 바위인데. 그 자리에 있어야 하는데 어째서 이렇게 번잡스러운 곳에 와

있는 걸까? 그건 어딘가 아주 잘못된 일
같았다. 당황해서 아무 말도 못하는 정해를
우영이 오랜만에 이야기나 나누자며 길
건너의 카페로 이끌었다. 얼마 뒤, 두 사람은
시럽을 넣은 카페모카와 뜨거운 아메리카노를
앞에 두고 마주 앉았다. 우영의 사정은
이러했다.

산주 최함록이 지병으로 쓰러진 후,
최씨 집안의 다른 형제들은 돈이 될 만한
서류와 재물을 챙겨 섬을 떠났다. 우영이
그를 간호했다고 한다. 최씨 집안은 영산의
주인이 된 이래로 가장 극심한 재정난에
시달렸다. 배와 땅을 빌리는 섬 주민들은
점점 줄어들었고, 땅은 팔아봤자 헐값이었다.
해류는 갈수록 거칠어지고 수온도 더워져
잡히는 것이라곤 실멸치가 전부였다. 섬에
찾아오는 이들도 낚시꾼이나 영산에 기도하러
오는 사람들뿐. 당장 산지기에게 줄 임금도

부족한 상황이었다. 평생을 규수처럼 살아온 최양희는 코앞까지 닥친 가난을 받아들일 수 없었다. 그러다 문득 생각한 것이다. 바로, 기도를 팔면 되겠다고.

"이렇게 붙잡는다고 사람들이 모여?"

우영은 허탈하게 웃으며 답했다.

"세상에는 생각보다 미련을 품고 사는 사람들이 많더라. 슬픈 사람들은 더 많고."

"이제 산지기는 안 하는 거야?"

"내가 죽으면 영산에 묻히고 싶다고 했던 거 기억해?"

정해는 고개를 끄덕였다.

"작년에 아빠가 돌아가셨어. 폐암이었대. 담배를 하도 피워댔으니까. 아빠를 화장해서 영산에 뼈를 뿌렸어. 이제 나에겐 보고 싶다면 언젠가 산에서 한 번은 아빠를 만날 수 있다는 믿음이 있지. 그런데 불쑥 내가 죽으면 아무도 나를 이곳에 뿌려주지 않겠다는 생각이

들더라. 나는 혼자잖아. 영산에 뿌려진다는

건 누군가 나를 그리워해야 가능한 일이야.

누군가 나를, 죽은 나를 보고 싶어 해야

가능한 거라고. 그런데 난 아무도 없잖아."

　　그리고 잠시 침묵했다. 섬에서 침묵은

온전한 침묵이었다. 하지만 이 카페는 너무

시끄럽다. 정해와 우영이 말하지 않아도

끊임없이 목소리가 침범했다.

　　"그제야 섬 안에서만 머물렀던 게

억울하더라고. 난 여전히 산지기야. 산이

있는 한 그곳에 돌아갈 거야. 하지만 한 번은

너처럼 살아보고 싶었어."

　　그렇게 말하며 우영은 정해를 마주

보았다. 정해는 너처럼, 이라는 말이 자신을

비난하는 것 같다고 느꼈다.

　　"서울에는 작년에 올라왔어. 양희

아가씨가 영산교 홍보 활동을 열심히 하면

장학생으로 대학에 보내주겠대. 대학이란 거

나도 가보고 싶더라고."

우영이 두 잔의 음료를 비울 동안 정해의
음료는 차갑게 식어가고만 있었다. 우영의
시선이 정해의 커피 잔에 닿았다. 아무 말도
하지 못하는 정해에게 우영은 선뜻 물었다.
우리 이제 나갈까?

"너무 내 이야기만 한 거 같다. 내 번호
그대로야. 너 편할 때 언제든지 연락해."

우영은 학원 근처 유흥가의 고시원에서
지낸다고 했다. 정해는 고개를 끄덕였다.

이틀 뒤 정해는 우영에게 먼저 연락했다.
보고 싶은 영화가 개봉했는데 같이 보러 갈
사람이 없다고. 처음은 연락을 끊은 일에 대해
사과하는 마음이었다. 하지만 만나서 함께
뭘 해야 하나 고민하다 보니 섬에서 보냈던
날들이 떠올랐고, 잠시나마 그때로 돌아간 것
같은 기분이 들었다. 정해는 바다를 건너온

저 돌멩이를 반짝반짝하게 갈고 닦아서 좋은 곳에 데려가야겠다고 결심했다. 마침 수능이 끝난 터라 시간도 널널했다. 우영은 신이 나서 나왔다. 정해는 오래전에 우영이 미아도에서 자신에게 했던 것처럼, 서울 곳곳을 데리고 다녔다. 좋아하는 장소, 좋아하는 카페, 좋아하는 음식점과 동네를 보여줬다. 우영은 늘 그랬듯이, 정해가 좋아하는 모든 걸 좋아했다.

우영과 있을 땐 뭐랄까, 발 딛고 선 모든 곳이 미아도 같았다. 못생긴 회색 건물들이 기암괴석처럼, 매연 가득한 도로가 서해 바다처럼 보였다. 쫓기듯이 살지 않아도 될 것 같았고, 힘들거나 불쾌한 일들을 잊을 수 있었으며 모든 일이 결국 괜찮아질 것만 같았다. 정해는 우영에 대해서 궁금해졌다. 그러니까, 우영이 상상하는 미래가. 무엇이 되고 싶은지, 대학에 간다면 무엇을 배우고

싶은지를 캐물었다. 우영은 원예나 조경을
배우고 싶다고 했다.

"언젠가 네가 꾸민 정원에 놀러 갈래."

그렇게 말하면 우영은 머쓱하게 웃었다.

그러는 사이 영산교는 점점 크기를
키웠다. 인터넷에 기묘한 괴담이 떠도는
것도 모자라 주말 시사 프로그램의 취재
대상이 되기도 했다. 아이러니하게도 방송에
출연하자 더 많은 신자들이 모였다. 최양희
역시 종종 방송을 탔다. 그의 시나리오는
점점 섬세해졌다. 퇴근 후의 우영은 어느
날은 피곤해 보였고 어느 날은 슬퍼 보였지만
정해 앞에서는 늘 웃었다. 포교 활동을 하다
보면 막말을 듣거나 폭행을 당하기도 했고,
우영에 의해 믿게 되었다가 발을 뺀 신자가
찾아와 돈을 내놓으라고 요구하는 일도
빈번했다. 그럴 때마다 정해는 이해가 되지
않았다. 어째서 그렇게까지 포교에 열심인지.

처음에는 최양희가 대학을 빌미로 협박을
하는 건가 싶었다. 하지만 두어 달 봐온
우영은 절대 억지로 하는 게 아니었다. 우영은
진심이었다. 매일같이 역 앞으로 나가 온 힘을
다해 영산교를 알렸다.

섣불리 표현할 수 없는 감정의
찌꺼기들이 수챗구멍 위 머리카락처럼
뭉쳐갔다. 그러다 한번은 우영에게
갑자기 연락이 왔다. 약을 좀 사다 달라는
부탁이었다. 필요한 걸 챙겨 정신없이 향한
고시원에서 정해는 얼굴에 반창고를 덕지덕지
붙인 우영을 마주했다. 우영은 의자 위에
올라서서 환풍구 뚜껑을 잡아 뜯고 있었다.

"가끔 총무가 멋대로 방에 들어와.
방에서 몰래 담배 피우는 사람들이 없는지
확인하려고 방 안을 뒤지거든."

우영은 뻥 뚫린 천장에 손을 집어넣더니
담배 한 갑을 꺼냈다.

"아직 한 번도 들킨 적 없지롱."

우영이 한 개비를 내밀었지만 정해는
거절했다. 상처에 대해 물으니 우영은 별거
아니라는 듯이 신자의 가족에게 폭행당했다고
말했다. 그 신자가 사채 빚을 내서 공양을
올렸다나 봐. 그렇게 말하며 손바닥만 한
창문을 열고는 담배를 빼물었다. 당장 병원을
가도 모자랄 판에 아무렇지 않은 척하는
우영을 보니 화가 치솟았다. 정해는 라이터를
찾는 그에게 물었다. 그 사람들을 속이는 게
미안하진 않아? 우영은 당최 이해가 가지
않는다는 얼굴로 되물었다. 속이다니, 뭘?

"죽은 사람을 다시 만날 수 있게 해준다는
게 속이는 거지 뭐야."

우영의 반응은 전혀 예상치 못한
것이었다.

"난 그 사람들 속인 적 없어."

그리고 정해가 지금껏 보았던 얼굴 중

가장 차가운 표정으로, 자리에서 일어나 짐을
챙기며 말했다.

"넌 단 한 번도 내 말을 진심으로 믿은
적이 없구나."

고시원을 나간 우영은 그날 이후로
연락을 하지도, 받지도 않았다.

그해, 정해는 원하던 대학에 합격했다.
엄마는 바로 유학 준비를 하길 원했다. 목표는
캘리포니아에 있는 파인아트스쿨로 잡았다.
캠퍼스 생활과 개인 포트폴리오 작업, 유학을
위한 외국어 공부를 병행하느라 한참 바빴다.
하루는 동기들과 저녁을 먹으러 간 음식점의
텔레비전에서 우영을 보았다. 독특한
사람들을 소개하는 20분짜리 일일 방송에서
우영은 누구보다 성실한 '강남역 도를
아십니까'로 소개되었다. 그는 당당히 말했다.

저는 마음에 구멍이 뚫린 사람들을

알아볼 수 있는 눈이 있어요. 영산에서
죽은 엄마를 만난 날 그 눈이 뜨였답니다.
아직도 생생히 기억해요. 엄마가 돌아가시고
일주일째 되는 날이었어요. 마침 폭우가
내렸죠. 저는 매일같이 걷는 그 산에서
길을 잃었고, 한참을 떠돌다 낯선 동굴을
발견했어요. 안에서 잠시 비를 피하다 잠이
들었습니다. 누군가 절 흔들어 깨웠어요. 눈을
떴더니 죽은 엄마가 시선을 맞춘 채 말하는
거예요. 우영아, 여기서 자면 안 돼. 감기 걸려.
저는 엄마 손을 잡고 동굴 안으로 향했어요.
동굴은 아래로, 아래로 깊숙이 이어져 있었죠.
저는 엄마가 저를 저승으로 데려가는 줄
알았답니다. 오히려 좋다고 생각했어요. 함께
있을 수만 있다면. 엄마는 말했습니다. 우영아,
마음에 구멍을 가진 사람들을 도우면서
살렴. 그리고, 저는 비좁은 동굴의 길에서
미끄러졌어요. 정신을 차렸을 땐 기이하게도

갯벌이었습니다. 날씨가 아주 맑았어요.

　　방송 이후 미아도에는 일시적으로
관광객이 늘어났다고 들었다. 언젠가부터
우영은 강남역에 나타나지 않았다. 정해는
용기 내어 우영에게 전화를 걸어보았지만
받지 않았다. 한 달, 석 달, 일 년……
아이러니하게도 우영과 연락이 닿지 않았던
기간 동안 정해는 계속해서 우영을 생각했다.
과거의 우영도 내 연락을 이렇게 기다렸겠지?
　　미국 유학을 앞둔 겨울이었다. 우영에게서
갑작스레 연락이 왔다. 오랜만에 만난
자리에서 우영은 레이스가 달린 원피스에 잔
체크무늬 코트를 입고 있었다. 정해는 우영이
추워 보인다고 생각했다. 안부를 나눌 새도
없이 우영은 수년 동안 병상에 있던 산주
최함록의 죽음과 결혼 소식을 전했다. 상대는
최함록의 손자이자 최양희의 외동아들이었다.

"산주님이 영산을 나한테 물려주셨거든. 영산교에는 영산이 필요하고 나는 가족이 필요해. 이건 합리적인 거래야."

우영의 표정은 더없이 산뜻해 보였다.

3. 산

산에서 복은에게 들은 이야기는 우영의 갑작스러운 결혼과 그 사이의 몇몇 구멍들을 메워주는 것이었다.

전대 산주 최함록은 중풍으로 쓰러진 후 십여 년을 병상에 있었다. 패물을 챙겨 섬을 떠나는 자식들을 대신해서 그를 정성으로 간호한 건 산지기인 우영의 아버지와 우영이었다. 평생 산주님 소리를 들으며 살았던 최함록은 아이러니하게도 영산이 보이는 가장 넓은 방, 그 안의 고름 묻은 침대 위에서 영산의 존재에 회의감을 품었다.
신성하고 영험한 산이면 뭐 하는가? 가족들은
죽어가는 노인네와 하루 10분도 함께 있길
꺼려하고, 자리에서 손가락 하나 마음대로 못
하며 산 채로 말라가는 동안 산은 얄미울 만큼
그대로, 변한 것 하나 없이 그대로 우두커니
서 있다. 변하지 않는 자연이 얄미웠다.
인간의 육체는 부질없었으며, 육체만큼이나
제가 만든 핏줄들도 부질없었다. 최함록은
우영의 아버지를 불러 유서를 적었다.
산지기가 폐암으로 먼저 사망한 이후 육지의
변호사에게 맡겨진 유서는 몇 년을 더 잠들어
있다가 최함록의 발인 날 공개되었다.

　　최양희는 내용을 받아들일 수 없었다.
영산을 다름 아닌 산지기에게 물려주겠다고
적혀 있었기 때문이다. 아무리 세상이 변하고
산의 금전적 가치가 떨어졌다지만 그간
유례가 없는 일이었다. 이제 와서 생판 남인

산지기에게 산을 빼앗길 수는 없었다. 이미 영산교를 만들어 짭짤한 돈벌이를 하고 있던 시점이었다. 우영을 구슬려도 보고 협박도 해보았지만 우영은 난생처음 얻게 된 기회를 헐값에 넘길 만큼 바보가 아니었다. 최양희가 떠올린 방법은 하나였다. 산을 가진 우영을 최씨 집안의 사람으로 만드는 것. 최양희는 바다 건너에서 유학 중인 아들을 불러들였다. 여기서 이해관계가 일치했다.

"산지기 딸이야 호박이 넝쿨째 들어온 거지. 최씨 집안 며느리라니."

정해는 과거에 우영과 나눴던 대화를 떠올렸다. 산지기의 단 한 가지 바람, 산에 묻히고 싶다는 꿈. 그러니, 그 결혼은 일종의 거래였다. 거래는 별다른 문제가 없다면 지속될 것이었다. 문제는 남편 최함준이 갑작스레 사망하면서 발생했다. 이해관계가 무너진 것이다. 영산의 권리를 이어주던

아들이 죽었다. 최양희는 산을 다시 우영에게 빼앗겼고, 우영은 다시 혼자가 되었다.

"내막은 모르는 거지만 사람들 눈에 그 부부는 아주 금슬이 좋아 보였어. 특히 남자가 산지기한테 껌뻑 죽었지. 정략결혼이나 마찬가진데 신기하게 사이가 참 좋다 싶더라구."

우영은 어쩌면, 그 남편을 꽤 사랑했을지도 모르겠다. 감정이란 절묘한 상황이 만들어낸 착각이니까. 필요한 걸 주는 사람과 사랑에 빠지기는 쉽다. 사람은 말 한마디, 1분이 채 되지 않는 찰나의 친절만으로도 사랑에 빠질 수 있다. 우영은 오랫동안 바라던 게 있었고, 최양희의 아들은 그 모든 걸 충족시켜줄 수 있는 사람이었다. 아끼는 산과 법으로 보장된 동반자적 관계. 우영의 믿음을 비웃지 않을 영산교의 핏줄. 비로소 다 이루었다고

생각했을 것이다. 그토록 숭배한 영산이
자신의 바람을 들어주었다고. 하지만 신이란
아무리 기도한다 한들, 한낱 개인의 소망에 귀
기울여주지 않는 존재다.

　"그래서인가, 그 남편이 죽었을 때
산지기는 산에서 일주일을 내리 있었어."

　정해는 우영이 영산에서 보낸 일주일을
상상했다. 손에 넣은 걸 모조리 빼앗긴 우영은
최함록과 마찬가지로, 산에게 배신당한
기분이 들었을 것이다. 더 이상 섬에 남는
게 무의미하다고 느꼈을까? 그는 섬에서 늘
누군가를 떠나보내기만 했으니까. 섬 밖에서
새로운 삶을 시작하고 싶었는지도 모른다.
그러기 위해서는 당연하게도 돈이 필요했을
것이다. 그리고 우영이 가진 유일한 것은 바로
영산이었다.

　죽기 얼마 전부터 우영이 산을 최대한
비싼 값에 팔기 위해 육지의 부동산을

쏘다녔다는 게 복은이 뱉은 '벌'의 근거였다.
그 말을 하면서 복은은 혀를 찼다. 많은
신자들의 소망이 걸린 산을 사리사욕 때문에
팔아버릴라고. 정해는 복은의 이야기에서
모순을 느꼈다. 산을 팔기로 마음먹은 사람이
돈을 쥐기도 전에 스스로 죽음을 택하다니.
그건 역시 이상하다. 그리고 동시에 직감했다.
우영이 돈을 위해 산을 판다면, 가장 먼저
최양희에게 이야기했을 것이다. 최양희에게는
산이 필요하니까. 육지의 부동산까지 갔다면
두 가지 경우로 볼 수 있다. 최양희가
확답하지 않은 상태에서 압박을 가하기 위해,
혹은 정말로 최양희가 양도를 거부한 경우.
어찌 되었든 최양희가 얽혀 있는 건 확실했다.
산을 판다면 가장 손해를 보는 건 역시
최양희였으므로.

　　"이 큰 산을 팔아서 뭘 하려고 했대요?
어차피 산은 비싸게 치지도 않는데."

"그 돈으로 미국 땅에 가고 싶다고 했어. 자기도 멀리 좀 가보구 싶다고."

아, 미국.

고사리 볶음을 삼키는 데 목이 따끔했다. 코가 시큰해져 정해는 잠시 숨을 참았다.

산을 한 바퀴 돈 뒤에는 완전히 녹초가 되었다. 산주의 눈도장을 찍기 위해 오후 기도에 참석한 뒤 방에 돌아와 죽은 듯이 잤다. 그날 새벽, 정해는 방에서 나와 갯벌로 향했다. 오전 5시. 해수면이 가장 낮을 시간이었다. 해가 뜨기까지는 한 시간이 조금 넘게 남아 있었다. 옆방은 여러 장비를 모아놓은 창고였는데, 검은색 우비와 작업용 장화도 있었다. 우영이 쓰던 것일지도 모른다고 생각하니 기분이 이상했다. 정해는 노란색 장화에 발을 욱여넣었다.

갯벌을 걷는 기분은 꼭 지하에 갇힌 이들이 뻗는 손을 쳐내는 것과 같았다.

걸음 걸음에 힘이 들어갔다. 주머니에는
환풍기에서 빼낸 열쇠가 들려 있었다. 열쇠에
달린 액자의 틈새에 뻘이 말라붙어 있었다.
지금으로서 떠오르는 장소는 하나였다.

걸어서 등껍질바위까지 가는 데에는
20분이 넘게 걸렸다. 열두 살의 자신은 어떻게
이 뻘을 가로질렀던 걸까. 암석은 20년 전보다
작아진 것 같았다. 몸이 커버린 탓일 수도,
아니면 바닷바람과 파도에 정말 깎여 나갔기
때문일지도 몰랐다. 암석을 타고 올라 여전히
새 둥지 같은 구멍 앞에 섰다. 작은 게 한
마리가 빠르게 빠져나갔다. 정해는 그 안쪽을
오랫동안 바라보았다. 아무것도 없었다.
열쇠를 끼워 넣을 수 있는 것 따위는 없었다.
20년 전과 다름없는 차갑고 축축한 공기만이
맴돌았다.

정해는 구멍으로 들어가 무릎을 모으고
앉았다. 어렸을 땐 두 명도 족히 웅크릴 수

있었던 공간이 이제는 딱 맞았다. 해가 완전히 뜰 때까지 그러고 있었다. 일출을 눈에 담으며 정해는 혼잣말을 중얼거렸다.

"그때 일출 같이 못 봐서 미안."

일순 불어온 바닷바람이 우영의 응답처럼 느껴졌다. 매섭고 날카로웠다. 미아도에서의 이틀째 아침이 밝고 있었다.

영산교당에서는 하루에 두 번씩 기도 시간을 갖는다. 오전 7시, 오후 7시마다 사람들이 모였다. 산주 최양희가 직접 참여하는 건 공양식이 있는 매주 일요일 저녁 기도회뿐이었다. 갯벌에서 돌아온 후 정해는 최양희를 찾아 저택을 헤맸다. 최양희는 부엌에서 손수 고사리를 손질하고 있었다. 아이 한 명은 족히 들어갈 만한 냄비에 물이 팔팔 끓고 있었고, 최양희는 칼을 든 채였다. 부엌 전체에 고사리 특유의 고릿한 냄새가

배어 있었다. 뒤늦게 인기척을 느낀 최양희가
뒤를 돌아보았다. 정해는 무슨 일이냐며
눈짓하는 그의 앞으로 다가갔다. 키가
엇비슷해 정면으로 시선이 부딪혔다. 팔을
뻗어 칼을 쥔 최양희의 손을 잡았다.

"산주님."

최양희의 손에 힘이 들어가는 게
느껴졌다.

"이번 심야 기도에 저도 참가하고 싶어요."

"아무나 참여할 수 있는 게 아닙니다.
정성을 보여야 해요."

정해는 재킷을 뒤져 작은 상자를 꺼내
보였다. 붉은색 케이스에 금색으로 브랜드
이름이 박혀 있었다. 형석이 주었던 프러포즈
반지. 5부짜리 다이아 세 알이 나란히 세팅된
백금 반지였다. 최양희의 시선이 그 반짝임에
고정되었다.

"죽은 남편이 유일하게 남기고 간

반지예요. 공양식은 지났지만…… 제
정성입니다."

정해는 최양희의 손에 들린 칼의 날을
붙잡아 도마 위에 내려놓았다. 그리고
반지를 빼내 최양희의 네 번째 손가락에
끼웠다. 반지는 어째서인지 형석이 자신에게
끼워주었을 때가 아니라 지금 가장 빛을
발하는 듯했다.

"고사리 손질은 제가 마저 할게요.
산지기는 저니까요."

정해는 형광등 불빛을 반사하는 시퍼런
칼끝을 보며 말했다.

그날 저녁, 심야 기도 참가자가
공지되었다. 최양희를 제외하고 총 다섯
명으로, 복은과 정해가 포함되어 있었다.
오랫동안 기도했지만 선정자가 되지 못한
신자들이 정해를 향해 수군거렸다. 복은은
마냥 즐거운 얼굴로 정해를 껴안고서 함께

기도를 올릴 수 있어 기쁘다고 속삭였다. 곧
딸을 만날 수 있다는 기쁨에 취한 것처럼
보였다. 정해는 연기했다.

"저는 기도가 부족해서 어떨지
모르겠어요. 과연 그이를 볼 수 있을지……."

복은이 고개를 들어 정해를 마주 봤다.
그리고 앙상한 손가락으로 정해의 어깨를
두드리며, 확신 가득한 목소리로 답했다.

"당연히 볼 수 있지. 볼 수 있고말고."

자정까지 잠시 눈을 붙였다. 꿈에 우영이
나왔다. 만조의 바다에 우영의 시신이
해초처럼 떠다니고 있었다. 가까이 다가가서
보니 그건 우영이 아니라 최양희였다. 정해는
식은땀과 함께 깨어났다. 어느덧 집합 시간이
코앞이었다.

심야 기도란 그 이름답게 자정이 넘은
심야에 올리는 기도이며, 기도를 올리기

위해서는 먼저 한 치 앞도 보이지 않는 밤의 영산을 올라야 했다. 최양희는 집합 장소인 응접실에서 손수 우린 고사리차를 따라주며 종종 기도당에 도착하기도 전에 낙오되는 사람들이 있다고 말했다. 등산을 시작하자 그 말이 수긍이 갔다. 밤의 산길은 낮보다 훨씬 험준했다. 정해가 몇 번이나 넘어질 뻔하는 동안 최양희는 한복 치마를 입고서도 휘청이는 일 하나 없이 술술 잘도 걸었다. 분명 낮에 복은과 걸었던 산길인데도 어째선지 빙빙 돌고 있다는 생각이 들었다. 나무들은 아득하게 커 보였고, 산짐승이 우는 소린지 죽은 자의 흐느낌인지 모를 소리가 들려왔다. 힘든 건 다른 이들도 마찬가지로 보였다. 복은은 식은땀을 줄줄 흘렸고, 다들 긴장한 탓인지 숨소리가 거칠었다. 그렇게 30분 정도 걷자 최양희가 멈춰 섰다. 최양희는 랜턴으로 앞을 비췄다. 수풀이 우거진 곳에 까만 아가리를 벌리고 있는 동굴이 있었다.

"예로부터 우리 산주들이 죽은 자들을
위해 기도를 올리는 곳입니다. 가문에서도
특별한 이들만 이곳에 들어올 수 있었습니다."

우영이 방송에서 했던 이야기가 떠올랐다.
이곳이 죽은 엄마를 만났다는 동굴일까?
우영은 엄마를 따라 동굴의 안으로, 안으로
들어갔다고 했다. 정해도 최양희를 따라
안으로, 안으로 들어갔다. 동굴은 깊숙했고,
연신 내리막길이었다. 지하로 내려가고
있는 것이다. 이대로 계속 걷는다면 그
끝에 저승문을 마주할 수 있을 것 같았다.
그렇게 10분을 더 걸었을 때였다. 공기가
맑아지고, 얼핏 바다 내음이 밀려들었다.
좁은 통로를 지나자 나타난 건 지금까지와는
다르게 널따란 광장이었다. 최양희가 곳곳의
굳은 양초에 불을 붙이자 광장의 모습이
선명해졌다.

그곳은 묘였다.

최씨 집안의 가족묘. 정면에는 영산을
그린 거대한 산수화가 걸려 있었고, 밑에는
작은 제단이 자리했다. 그 위에 아마도
뼛가루가 담겼을 무수한 단지들이 차곡차곡
놓여 명패를 달고 있었다. 간혹 초상화가 함께
놓인 단지도 있었는데, 전대 산주들인 듯했다.
정해는 산소 부족인지 어지러운 머리를
붙잡고 그 명패 중 우영의 이름을 찾아 눈알을
굴렸다. 우영은 최씨 집안과 결혼했으니, 그
바람대로 이곳에 머물러야 했다. 그럴 자격이
있었다. 하지만 아무리 단지를 훑어도 우영의
이름은 보이지 않았다.

"기도를 올립시다."

최양희가 마지막 양초에 불을 붙이자
주변이 조금 더 환해졌다. 그 순간, 정해는
눈을 크게 떴다. 눈앞에 펼쳐진 건 지금껏
본 적 없는 모습이었다. 제단 뒤로 켜켜이

쌓인 것은 동굴 벽이 아니었다. 광장의
사방에 높다란 벽을 이루고 있는 것. 그것은
물건들이었다……. 그러니까, 아마 죽은 자의
물건들.

　오래된 인형, 썩어가는 옷 더미, 곰팡이가
핀 신발과 깨진 그릇들, 이 돌산의 구멍
안쪽을 빼곡히 채운 죽은 자의 흔적과 산
자의 그리움. 이룰 수 없는 염원들. 바다
내음을 닮은 슬픔의 냄새. 산지기의 업무는
산 곳곳에 숨은 죽은 자의 물건을 찾아내는
것이었다. 그건 아마 영산이 영산인 이래로
아주 오랫동안 이어진 산지기의 업무였을
것이다. 이 물건들은 우영의 아버지가, 우영의
할머니 할아버지와 그들의 증조부가 쌓아
올린 탑이었다.

　정해가 상자에 정신이 팔린 사이,
최양희는 기도를 시작했다. 초로 내부를
밝히고 향을 피웠다. 생전 처음 맡아보는

향이었다. 장례식장에서 나는 냄새에 고사리

향이 은은하게 섞여 있었다. 제단 앞에 펼쳐진

멍석 위에 사람들이 하나둘씩 무릎을 꿇고

앉았다. 최양희는 제단을 이루는 물건 더미의

틈에 그들이 가져온 물건을 밀어 넣었다.

슬픔의 탑은 그렇게 더욱 공고해졌다. 정해도

다른 이들을 따라 무릎을 꿇고 손을 모은 채

눈을 감았다. 동굴 속 광장은 기묘한 열기로

점차 달아올랐다. 계속 땀이 흐르고 두통이

밀려들었다. 모든 소리들이 몸의 외부가

아닌 내부에서 들려오는 것 같았다. 복은이

흐느끼며 하는 기도까지도. 복은뿐만이

아니었다. 그 밀도 높은 미련과 상실과 소망의

공간에서 짐승과 같은 소리를 내지 않는 것은

최양희와 정해, 오직 둘뿐이었다.

　목소리가 들려온 건 바로 그때였다.

　'정해야.'

　미쳐버린 걸까? 우영의 목소리였다.

'정해야.'

목소리는 다시 한번 속삭였다.

'지금 눈을 떠.'

눈을 뜨자 제단 앞에서 기도를 올리는 최양희의 뒷모습이 보였다. 흰 소복 아래 폭신한 붉은 방석도 함께. 방석에 달린 붉은색 비단술 틈으로 어떤 형체가 반짝였다. 단단하고 각진 쇠의 형태. 그것은 꼭 자물쇠처럼 보였다. 정해는 제단의 밑을, 최양희가 깔고 앉은 동굴의 바닥을 집요하게 살폈다. 동굴을 이루는 바위의 자연스러운 균열인 줄 알았던 것은 분명 틈이었다. 방석 아래 자물쇠로 잠가둔 문이 있는 것이다.

기도는 계속 이어졌다. 정해는 주머니 속 열쇠를 떠올렸다. 당장 최양희를 밀치고 방석 밑의 문을 확인하고 싶었지만 그럴 수는 없었다. 혼자, 몰래 움직여야 했다. 그보다, 좀 전에 들었던 목소리는 뭐지?

환청이었을까? 하지만 그건 너무 선명한 우영의 목소리였는데. 불쑥 이 동굴의 모두가 죽은 자를 만나기 위해 와 있다는 데 생각이 미쳤다.

동굴을 가득 메운 흐느낌은 점차 잦아들었다. 다들 곧이라도 탈진할 것처럼 보였다. 정해도 눈을 감고 다시 기도문을 읊조렸다. 시간이 어느 정도 흘렀는지 전혀 가늠할 수 없었다. 얼마 지나지 않아 최양희는 기도가 끝났음을 알렸다.

"이제 돌아가죠."

사람들은 느리게 왔던 길을 되돌아갔다. 들어올 때 내리막길이었던 통로는 오르막길이 되었다. 긴장이 풀려서인지, 아니면 자그마한 단서를 얻어서인지 돌아가는 길은 한결 가벼웠다. 밖으로 나와 정신이 드니 차차 머리가 돌아가기 시작했다. 심야 기도에는 비밀스러운 공간 자체가 주는 압도감이

있었지만, 고작 이를 위해 무수한 이들이
거금을 공양한다는 사실은 쉽게 납득하기
어려웠다. 애초에 죽은 자를 만난다는
게 불가능하다는 걸 머리로는 아는데도
이렇게까지 영산교의 덩치가 커진 데에는
다른 무언가가 있지 않았을까 하는 궁금증이
남았다.

어스름한 새벽이었다. 곧 아침 해가 뜰
것 같았다. 정해는 빨리 돌아가 한숨 자고
싶은 마음이었다. 다들 말없이 산길을 걸었다.
정해보다 한 발 앞서 걷던 복은이 멈춰 선
것은 바로 그때였다. 복은은 어딘가를 보고
있었다.

"왜 그러세요?"

정해의 물음에 복은이 손을 들어 올렸다.
손끝으로 저 앞을 가리켰다. 복은이 바라보는
곳은 전날 함께 도시락을 먹었던 중간
절벽이었다. 어두워서 바다는커녕 아무것도

보이지 않았다. 그저 어둠, 어둠뿐인 곳이었다. 복은은 무엇을 보고 있는가. 정해가 저 진득한 어둠을 들여다보다 이해하기를 포기하고 다시 복은을 돌아본 그 순간, 복은의 주름진 눈가가 젖어들었고 저 밑까지 내려간 이들이 뒤늦게 부재를 깨닫고 빨리 내려오라 소리를 질렀다. 최양희가 랜턴을 들고 이쪽으로 걸어오고 있었다. 복은이 절벽을 향해 달려간 것은 바로 그때였다. 복은이 외쳤다.

"얘, 희영아!"

그제야 정해는 복은이 죽은 딸을 보고 있다는 걸 알아차렸다. 복은은 중간 절벽의 끝을 향해 달려갔다. 정해는 복은을 따라 뛰었지만 끝내 그를 붙잡지 못했다. 복은은 죽은 딸의 이름을 빠르게 되뇌며 도달한 절벽의 끝자락에서 한 발을 더 내딛었다. 그 밑은 허공이었다. 정해의 시야에서 복은은 빠르게 사라졌고, 몇 번의 팅기는 소리가 났다.

그 모든 일은 너무 빠르게 벌어졌다. 복은이 있던 자리에는 망연해진 정해와 최양희가 나란히 섰다. 절벽 밑으로는 아무것도 보이지 않았다. 복은도, 복은의 딸도, 갯벌이나 바위나 바다도 보이지 않았다. 온통, 어둠이었다.

❖

복은은 미아도 앞바다의 바위 틈새에서 발견되었으며, 실족으로 인한 사고사로 처리되었다. 최양희는 어떤 표정의 변화도 없었다. 처음부터 끝까지. 마치 그 모든 일이 벌어질 것을 알고 있었던 것처럼.

담당 형사는 정해에게 처음 우영의 죽음을 알린 사람이었다. 그에게 증언하는 과정에서 정해는 복은이 우영을 마지막으로

본 목격자라는 사실을 깨달았다. 어째서
이 섬에 왔냐는 질문에는 애도를 위해
왔다고 답할 수밖에 없었다. 지난 사건의
목격자가 이번 사건의 피해자라니. 그리고
하필 당신이 목격자 죽음의 목격자라니.
기묘하군요. 형사는 미심쩍은 듯 보였으나
사건에서 별다른 특이점은 발견하지 못했다.
최양희도 장면을 목격했으므로 수사는 빠르게
종결되었다.

　형사를 통해 정해가 알게 된 사실이 하나
더 있었다. 복은에 대한 것이었다. 30년 동안
운영했다는 장자도항의 횟집은 압류가 들어간
지 오래며, 복은은 근방의 여인숙에서 장기
숙박 비용을 지불하지 않고 사라져 신고가
들어온 상태였다는 것이다. 형사는 멋대로
생활고와 복은의 죽음을 연관시키더니 홀로
시나리오를 완성한 듯 고개를 끄덕였다.
정해의 머릿속에는 한 가지 물음이 더

생겨났다.

복은은 무엇을 공양했는가?

그 질문은 모든 수사가 끝난 후에도, 여느 때와 다름없이 진행되는 기도와 공양식과 산지기의 업무 와중에도 계속되었다. 우영의 자살과 복은의 죽음, 복은의 공양과 동굴에서의 기도. 그 모든 것이 하나로 이어져 있다는 생각이 들었다. 그것들이 각기 하나의 구슬이라면 구멍이 뚫려 있을 것이다. 그 구멍을 꿰어 팔찌로 만드는 실을 찾아야 했다.

미아도에 들어온 지 딱 일주일째 되는 날이었다. 사흘에 한 번씩이라는 배는 타지 못했다. 이제 다음 배를 기다려야 할 터였다. 휴대폰에 형석의 연락이 쌓여 있었다. 일주일. 형석의 프러포즈에 대한 답을 요하는 날짜이기도 했다. 작업에 집중하기 위해 외할머니 집에 잠시 내려가 있겠다고 했었지. 어떤 식으로든 답을 들려주어야 했다.

머릿속이 질문으로 휘몰아쳤다. 정해는 낮에 산을 돌면서 심야 기도 때 간 동굴을 찾아 헤맸다. 일단 중간 절벽까지 간 후 기억을 되짚어 길이 아닌 곳으로 걸었다. 20분가량을 헤맨 후에야 겨우 동굴을 찾을 수 있었다. 동굴까지 가는 길은 고사리 캐기용으로 챙긴 호미로 나무에 흠집을 내 표시했다. 혹시 모를 의심을 덜기 위해 산 진입로에서 고사리 한 무더기를 캐 부엌에 가져다 두었다. 부엌에는 고사리 삶는 냄새가 빠지지를 않았다.

최양희는 펄펄 끓는 냄비 앞에서 차를 마시고 있었다. 정갈한 다기에 든 것은 역시 맑은 갈색의 고사리차일 터였다. 꼭 금방 뛰고 온 사람처럼 최양희의 이마에 땀방울이 맺혀 있었다. 갓 잠에서 깬 것처럼, 혹은 아직 꿈속을 헤매고 있는 양 탁한 눈빛이었다. 투명한 찻주전자는 반밖에 채워져 있지

않았다. 허공에서 정해와 최양희의 눈이
마주쳤다. 최양희가 찻잔을 든 채로 턱짓했다.

"마실래요?"

정해는 고개를 저었다.

"그래도 와서 앉아요."

정해는 고사리 자루를 내려놓고 다가가
앉았다.

"복은 님은 아주 성실한 신자였는데,
이렇게 되어버려서 기분이 이상하군요. 잠이
잘 오지 않아요. 며칠째 선잠을 잤어요. 정해
님도 그렇지 않나요?"

"그 자리에 있었던 모두가 그럴 거예요."

최양희가 술잔을 비우듯 남은 차를
단숨에 들이켰다. 가까이서 보아도 세월이
가늠되지 않는 얼굴이었다. 잠깐의 침묵 후에
최양희가 입을 열었다.

"오래전의 일이 떠올랐어요. 사실
그리 오래전은 아니에요. 저에게도

아들이 있었거든요. 애 아빠는 원래 도시 사람이었어서, 갑갑한 섬 생활을 참지 못하고 달아났죠. 아들도 그 기질을 닮은 건지 일찍이 육지 생활을 시작했어요. 중학생 때부터 학교 근처에 방과 집안일 해줄 분을 구해주었죠."

20년 전 기억 속에 최양희의 아들이 없었던 이유였다.

"아들은 계속해서 멀리 나아갔어요. 군도를 벗어나 육지로, 군산에서 서울로. 외국 말을 배우겠다고 홍콩을 가더니 어느 날 걸인이 되어 돌아오더군요. 카지노에서 돈을 다 잃었다면서. 그리고 섬에 돌아와 결혼을 했죠. 떠밀리다시피 한 결혼이었음에도 그 애는 아내를 꽤 사랑했답니다. 아내가 아들을 어떻게 보았을지는 알 수 없지만."

우영의 이야기가 나오자 몸에 힘이 들어갔다. 정해는 긴장을 덜기 위해 찻잔을 들고 차를 한 모금 삼켰다.

"나쁘지 않다고 생각했어요. 하지만
제가 삶을 너무 우습게 본 거겠죠. 아들은 제
버릇을 버리지 못하고 육지로 도박을 하러
갔다가 사고를 당해 세상을 떠났답니다.
덤프트럭에 치여 사지가 으깨졌는데 그게
정말 사고였는지는 확신할 수 없었어요. 저는
그 애를 잃고 나서야 하고 싶은 말이 너무
많았다는 걸, 아직 전하지 못한 것들이 너무
많다는 걸 깨달았네요……."

　　평소보다 유독 거친 바람 소리가 고막을
건드렸다. 최양희는 말을 마치고서 한참
동안 정해를 빤히 응시했다. 그가 무어라
말하기 위해 입을 벌린 순간, 조리용 타이머가
요란스레 울렸고, 고사리 삶는 냄비에서 물이
끓어넘쳤다. 최양희는 입을 다물고 뒤돌아
불을 껐다. 그가 돌아보지 않고서 말했다.

　　"고사리를 마저 손질해야겠어요.
들어가보세요."

"다음 기도회 때 뵈어요."

부엌을 나가는 정해를 최양희의 목소리가
붙잡았다.

"그런데 혹시 아시나요?"

정해는 뒤돌아 최양희를 바라봤다.

"고사리는 원래 독초라는 거. 이 섬에서
자라는 고사리는 조금 더 특이하답니다."

부엌에서 나왔을 땐 어느덧 오후 기도
시간이었다. 정해는 교당으로 향했다.
교당은 복은의 죽음으로 어수선했지만,
공양식을 포함하여 모든 의례는 빠지지 않고
진행되었다. 방으로 돌아와서는 가볍게 배를
채우고 잠시 눈을 붙였다. 요 며칠 밤낮이
뒤바뀐 생활을 한 탓에 눈꺼풀이 추를 매단
듯 무거웠다. 미리 맞춰둔 알람은 정확히
자정에 울렸다. 정해는 내용이 기억나지 않는
악몽을 뒤로하고 일어나 갯벌에 갈 때 입었던

우비를 걸쳤다. 바람이 예사롭지 않다 싶더니
태풍 예보가 있었다. 방 불을 끄고 눈을
감자 멀리서 파도 소리가 밀려왔고, 이곳이
등껍질바위 위라는 착각이 일었다. 꼭 아주
가까운 곳에서 우영이 함께인 듯한 기분이
들었다.

　"다녀올게."

　정해는 작게 중얼거린 뒤 방을 나와 복도
창문 앞에 섰다. 중앙 건물의 최양희 방에
그림자가 어른거리는 걸 확인하고서 뒷문으로
건물을 나왔다. 라이터와 호미, 그리고 우영의
열쇠를 챙겨 랜턴 불빛에 의지한 채 밤의
산길을 오르기 시작했다. 일주일 동안 산지기
일을 하며 산을 탄 탓인지 중간 절벽까지는
어렵지 않게 도달할 수 있었다. 누군가 등
뒤에서 자신을 밀어주는 듯한 기분도 들었다.

　중간 절벽에서부터는 낮에 표시해둔
나무를 찾아 나아갔다. 세 번째 마주한 영산의

동굴은 역시나 주린 짐승처럼 아가리를
벌리고 있었다. 정해는 침착하게, 하지만
두 눈을 똑바로 뜨고서 한 발 한 발 영산의
구불구불한 내장을 타고 내려갔다. 저승으로
향하듯 기약 없는 하강이었다. 그러다 어느
순간 바다 내음이 맡아졌고, 이전에 그랬듯이
좁은 통로를 지나자 확 트인 공간이 나타났다.
기도를 올렸던 바로 그 광장이었다. 정해는
챙겨온 라이터를 꺼내 양초에 불을 붙였다.
주변을 가늠할 수 있을 만큼 밝아졌을 때
랜턴을 들고 제단 앞으로 다가갔다.

　　예상대로, 최양희가 앉았던 방석을 치우자
문이 나타났다. 철로 된 묵직한 문이었다.
정해는 우영의 열쇠를 꺼내 자물쇠에 밀어
넣었다. 손잡이를 잡고 돌리자 열쇠는
부드럽게 돌아갔다. 곧이어 달칵, 소리와
함께 자물쇠가 열렸다. 있는 힘껏 문을 들어
올리자 까만 어둠이 나타났다. 네모난 통로의

벽에는 사다리가 달려 있었다. 오래전에 벙커, 혹은 탈출구로 쓰이던 공간처럼 보였다. 그와 동시에 감각한 것은 파도 소리였다. 파도 소리가 분명했다. 동굴의 깊숙한 통로를 타고 저 밑에서, 쏴아아 쏴아아 하는 소리가 울려 퍼졌다. 정해는 불쑥 깨달았다. 이 동굴은 산의 중간 지점에서 더 안쪽으로, 계속 아래로 향했다. 이 구멍은 앞바다의 암석 절벽과 이어져 있는 것이다…….

그뿐이라고.

맥이 빠졌다. 이 밑에 있는 건 모든 수수께끼를 해결해줄 비밀 공간도, 보물 상자도 아닌 그저 바다였다는 사실에. 바다는 흔적을 남기지 않아. 그저 휩쓸어갈 뿐이지. 정해는 문을 닫고 망연히 앉았다. 최씨 집안의 선조들이 하나같이 공허한 눈빛으로 자신을 내려다보고 있었다. 공기가 부족한 탓인가? 맨 처음 이곳에 왔을 때처럼 시야가 몽롱했다.

정해는 다리에 힘을 주어 일어났다. 어지러워
본능적으로 제단을 짚었다. 죽은 최함록의
초상화와 눈이 마주쳤다. 순간 섬뜩한 기분이
목덜미를 타고 올라, 불쑥 손을 뻗어 초상화를
뒤집었다. 등 뒤에서 분명한 발소리가 들렸다.

튀어 오르듯 뒤돌아 랜턴으로 입구를
비췄지만 아무것도 보이지 않았다. 온통
어둠이었다. 잔뜩 굳은 채 뒷걸음질 치던
정해는 저도 모르게 제단에 등을 기댔고,

"정해야!"

비명처럼 들려온 자신의 이름에 놀라
팔을 휘저으며 넘어졌다. 제단에 깔린
융단이 손끝에 걸려 반사적으로 그것을
잡아당겼다. 고막을 찢을 듯 요란한 소리가
났다. 제단 위에 정성스레 놓인 온갖 항아리와
초상화들이, 말린 꽃과 양초와 명패들이
처참히 바닥으로 굴러떨어졌다. 거기서 끝이
아니었다. 초상화가 넘어지면서 뭔가를

건드렸는지 사찰 정원에 쌓인 돌탑처럼
차곡차곡 쌓여 있던 소망들이 허무하게
무너져 내렸다. 물건 더미들이 쏟아지면서
최씨 집안의 망가진 제단을 뒤덮었다. 죽은
자를 위한 신성한 공간은 엉망이 되었다.

그 모든 소란 사이에서, 정해의 시선은
어느 한곳에 고정되었다. 최함록의 뼛가루가
들어 있던 백자 항아리였다. 산산조각 난 그
파편들 사이로 낯익은 물건이 눈에 띄었다.
그것은 우영의 물건은 아니었다. 하지만 분명
기억 속에 존재하는 물건이었다. 붉은색 비단
주머니. 복은이 공양식에서 최양희에게 건넨
물건이다. 숙박비를 낼 돈도 없어 신고까지
당한 복은이 심야 기도를 할 수 있게 해준
값비싼 공양품이었다.

정해는 바닥을 기어가 부드러운 그것을
손에 쥐었다. 떨리는 손으로 굳게 다물린
주머니의 매듭을 풀었다. 무게는 생각보다

가벼웠다. 정해는 곧바로 안에 들어 있는
게 무엇인지 가늠할 수 있었다. 휴대폰이다.
주머니 안으로 손을 집어넣어 내용물을
꺼냈다. 예상은 틀리지 않았다. 대리점에서
어르신용 알뜰폰으로 보급하는 기종이었다.
전원 버튼을 누르고 조마조마한 마음으로
액정이 켜지길 기다렸다. 다행히 배터리가
남아 있었다. 고작 3퍼센트였지만.

정해는 머리를 굴렸다. 낡은 휴대폰을
통째로 넘겼다는 건 이 안에 공양 가치가
있는 무언가가 들었다는 소리였다. 그렇다면
그것은 아마 누군가와의 대화나 몇 장의 사진,
혹은 짧은 영상 따위일 가능성이 컸다.

가장 먼저 메시지를 확인했다. 빚 독촉
문자 말고는 별다른 내용이 없었다. 다음으로
앨범을 훑었다. 가장 마지막에 저장된
3분짜리 영상 하나가 눈에 띄었다. 배터리가
2퍼센트로 줄었다. 곧장 영상을 재생했다.

액정 안에 바다가 펼쳐졌다. 얼핏 비친
복은의 발과 주변 풍경이 중간 절벽에서
찍었다는 걸 알려주었다. 렌즈는 계속해서
바다를 향하고 있었다. 화면이 한 번 크게
흔들렸다. 이후에 다시 초점을 맞춘 복은이
방향을 약간 틀어 오른쪽 밑 일부를 확대했다.
등껍질바위였다. 그 위에 누군가 앉아 있었다.
거친 바닷바람에 긴 머리카락이 나부꼈다.
얼굴이 제대로 보이진 않았지만 정해는 그게
바로 우영임을 알 수 있었다.

서둘러 영상이 찍힌 날짜를 확인했다.
우영의 시신이 발견되기 이틀 전, 우영이
바다에 몸을 던진 바로 그날이었다. 심장이
입 밖으로 튀어나올 것처럼 뛰었다. 하지만
뜸 들일 시간은 없었다. 배터리가 또 1퍼센트
줄었다. 정해는 영상에 집중했다. 자세히 보니
그 암석 위에는 한 사람이 아닌 두 사람이
있었다. 우영의 뒤에 누군가 서 있었고,

우영은 그 사실을 모르는 듯했다. 뒤늦게 인기척을 느낀 우영이 옆을 돌아보았고, 바로 그 순간…… 최양희가 우영을 바다로 밀었다.

우영은 암석 밑으로 굴러떨어졌다. 만조의 바다는 깊었고, 파도는 거칠었다. 바다로 굴러떨어진 우영은 암석을 붙잡고 버텼다. 숨 쉬기 위해 수면 위로 머리를 들어 올릴 때마다 최양희의 갈고리 같은 흰 손이 그를 계속 물속으로 밀어 넣었다. 우영이 양팔을 거칠게 흔들었다. 바다와 암석이 맞닿는 지점에서 두 사람은 서로를 밀고 잡아당기고 붙잡고 쳐내며 줄다리기를 했다. 정해는 영상을 조금 뒤로 넘겼다. 우영의 팔은 더 이상 흔들리지 않았다. 최양희는 한참 동안 암석에 걸터앉은 채 아래를 응시했다. 한 번만 더 생의 기척을 보였다간 가만두지 않겠다는 듯이.

영상은 그렇게 끝났다. 비로소 복은의 공양과 죽음이, 그리고 우영의 죽음이 하나로

이어졌다. 정해는 비명을 지르고 싶은 걸
가까스로 참고 자리에서 일어섰다. 어서
경찰에 이것을 넘겨야 했다. 하지만 뒤돌아선
그 순간, 정해는 입구가 아닌 자신을 향한
칼날을 마주했다.

"제단이 엉망이 되었네요."

고사리를 다듬던 칼끝이 자신을 향하고
있었다.

"우영이가 메시지를 남긴 게
당신이더군요. 그제야 기억나지 뭐예요."

정해는 챙겨온 호미를 양손으로 쥐었다.
그 순간 최양희가 달려들었고, 정해는 눈을
질끈 감은 채 간발의 차로 몸을 피했다.
복은의 휴대폰이 손에서 튕겨 나가 저
구석으로 떨어졌다. 최양희가 눈을 번뜩이며
휴대폰을 향해 달려갔다. 정해는 호미를
쥐고서 그를 쫓았다. 최양희의 손이 휴대폰에
닿기 직전, 정해가 몸을 날려 최양희를

넘어뜨렸다. 휴대폰은, 우영이 살해당했다는
증거만은 절대 빼앗길 수 없었다. 최양희는
중심을 잃고서 엉망이 된 제단 위에
나동그라졌다. 정해는 그사이 팔을 뻗어
휴대폰을 낚아챘다. 칼을 쥔 채 다시 일어선
최양희가 정해를 노려보며 말했다.

"처음부터 산은 제 것이었어요. 그걸 그
애가 아버지를 꼬드겨 빼앗아 갔죠. 그런데
그걸 돈을 받고 팔겠다잖아요? 내 아들이
그렇게 잘해줬는데."

정해는 한 손에는 휴대폰을, 다른 한
손에는 호미를 쥔 채 뒷걸음질 치며 외쳤다.

"복은 씨도 당신이 죽였어?"

"그건 엄연한 사고였어요. 난 영산의
고사리에 미약한 환각 성분이 있다는 건
알았지만, 복은 님이 생활고에 시달리는 줄도
몰랐고 영산에서 캔 고사리로 끼니를 때우는
줄도 몰랐거든요. 휴대폰을 넘기는 대신 심야

기도에 참가하게 해달라길래 받아들인 게
전부예요."

　　정해는 계속 뒷걸음질 쳤고, 최양희는
점점 다가왔다. 등 뒤에 벽이 닿았다.
정확히는 벽이 아니라, 벽처럼 빼곡히 쌓인
죽은 자들의 물건이. 더 이상 도망칠 곳이
없었다. 정해는 휴대폰을 겉옷 안주머니에
넣고 다른 한 손으로 벽을 더듬었다. 그리고
최양희가 사정거리 안으로 들어왔을 때, 그중
가장 큼지막한 부피를 차지하는 상자를 잡아
빼냈다. 중심이 무너지면서 켜켜이 쌓아 올린
더미가 무너져 내렸다. 정해와 최양희의 머리
위로. 최양희가 머리를 보호하기 위해 양팔을
들어 올렸고, 높은 곳에서 떨어진 누군가의
오르골이 최양희의 손목에 적중했다.
최양희가 비명을 지르며 손목을 움켜잡음과
동시에 칼이 바닥으로 떨어졌다. 정해는
쏟아지는 물건의 틈에서 바닥을 기어 그 칼을

붙잡았다.

최양희는 호락호락하지 않았다.
이마에서 피를 줄줄 흘리는 채로 정해의
손을 붙잡아 이를 악물고 매달렸다. 칼을
두고 엎치락뒤치락하는 몸싸움이 벌어졌다.
정해가 칼을 쥐면 최양희가 손등을 으깼다.
정해는 비명을 지르며 무기가 될 만한 것을
찾아 바닥을 더듬었다. 그러다 한순간, 죽은
자의 트로피가 손에 닿았고 정해는 그것으로
있는 힘껏 최양희의 머리를 후려쳤다. 위와
아래가 계속 바뀌었다. 둘은 동굴 바닥을
구르고 구르다 파도 소리가 울려 퍼지는 문의
지척까지 굴러갔다. 정해 밑에 깔린 최양희가
눈을 시퍼렇게 뜨고 팔을 뻗어 무언가를 집어
들었다.

최양희가 선조의 뼛가루가 든 항아리를
있는 힘껏 정해의 관자놀이로 휘둘렀다.
크게 깨지는 소리가 났다. 둔탁한 타격음과

함께 정해는 최양희에게서 떨어져 나가 바닥을 굴렀다. 이마가 찢어져 얼굴이 온통 피범벅이었으며, 항아리가 깨지면서 묻은 희멀건 뼛가루가 덕지덕지 붙어 시야를 방해했다. 두개골이 통째로 찌그러진 것처럼 골이 울렸다. 끝내 칼을 손에 넣은 최양희가 일어섰다. 바늘로 왼쪽 고막과 오른쪽 고막을 뚫는 듯한 이명이 시작되자 시야가 어지럽게 흔들렸다. 제대로 눈을 뜰 수조차 없었다. 이대로 끝인가? 거친 숨을 내쉬며 다가오는 최양희가 옥구슬 같은 목소리로 말했다.

"첫날에 그랬죠? 공양으로 바칠 게 몸밖에 없다고."

그 순간, 정해는 숨결을 느꼈다. 귓바퀴와 뺨의 솜털을 간지럽히는 숨결을. 어디선가 바람이 불어온 듯 동굴 속을 밝히는 촛불이 일제히 꺼졌다. 이명의 사이로 누군가, 아주 익숙한 목소리가 머릿속에 울려 퍼졌다.

'괜찮아, 정해야.'

이번에도, 우영의 목소리였다. 이상하게도 그 목소리를 들으니 정말 다 괜찮아질 것 같은 기분이 들었다. 떠올려보면 늘 그랬다. 실제로 괜찮아지는 건 없었지만 그런 기분만으로도 버틸 수 있는 힘을 얻곤 했지. 등껍질바위에서 보냈던 밤처럼.

이제 동굴 속 광장의 시야를 밝히는 건 구석에서 구르는 랜턴뿐이었다. 그마저도 배터리가 다해가는 듯 깜빡였다. 도자기 인형 같은 최양희의 얼굴은 피와 땀으로 젖어 비로소 가면을 벗은 듯 보였다. 피곤에 찌든 상실의 냄새를 폴폴 풍기며, 가슴에 난 구멍을 어떻게 채워야 할지 몰라 방황하는 얼굴이 드러났다. 최양희가 중얼거렸다.

"저는 제 산을 지키고 싶었을 뿐이에요."

그리고,

'지금.'

그 말과 동시에 천장에 매달아놓은 영산의 산수화가 추락해 최양희를 덮쳤다. 영산의 전경에 둘러싸인 채 어둠에 휩싸인 최양희는 중심을 잃고 넘어졌다. 거대한 산수화는 고기를 잡는 그물처럼 쉽게 벗겨지지 않았고 최양희는 그 밑에서 방황했다. 정해는 마지막 힘을 다해 자리에서 일어섰다. 얼굴의 핏물을 문질러 닦고서 산수화 밑에서 몸부림치는 최양희 앞으로 다가갔다. 바로 뒤가 바다를 향해 열린 문이었다. 파도가 들어차고 있는지 물소리가 부쩍 가깝게 들렸다. 정해는 최양희가 우영에게 그랬듯이 산수화 밑의 인영을 툭, 밀었다.

산수화를 뒤집어쓴 최양희의 몸이 일순 휘청였다. 그리고 빠르게 멀어졌다. 밑으로. 동굴의 저 밑으로. 얼마 후 첨벙, 하는 소리가 들렸다. 산수화에서 벗어난 최양희가 흰

팔을 크게 휘저었다. 벽에 달린 사다리를
붙잡고 다시 올라오려는 듯했다. 정해는 숨을
몰아쉬며 떨리는 손으로 묵직한 철문을 밀어
닫았다.

밀어 닫고서, 그 위에 올라선 채로,
어지러운 정신을 붙잡고, 피 묻은 손으로,
우리의 사진이 달랑이는 열쇠를 꺼내
자물쇠를 잠갔다.

만조의 바다는 최양희를 집어삼킬
것이다. 흰 포말에 감싸인 최양희는 해류를
따라 떠돌다 어느 항구에서 발견될 것이다.
우영처럼 물에 불어 터진 채. 귓가에 진짜인지
환청인지 모를 목소리가 다시 울려왔다.
    '만조를 기다리자.'
    "만조를 기다리자."
    정해는 그 말을 중얼거리며 엉망이 된

제단을 등진 채 밖으로 나가는 길을 향해 한 발을 내딛었다. 그리고 비좁은 통로를 지나 다시 위로, 위로 향했다.

❖

시간이 얼마나 지났는지 알 수 없었다. 동굴을 빠져나왔을 땐 어슴푸레한 새벽이었다. 먼지와 오래된 뼛가루를 뒤집어쓴 채로, 피가 딱딱하게 말라붙는 걸 느끼며 정해는 소나무 사이를 걸었다. 만신창이인 손에 들린 건 복은의 휴대폰과 자물쇠를 잠근 열쇠뿐이었다. 우영과 자신의 모습이 담긴 액자 모양 키링에도 피와 흙먼지가 묻었다. 정해는 그것을 공들여 닦았다.

"이것도 네 유품이겠지."

그리고 열쇠를 해가 잘 드는 곳에 묻었다.

우영이 바랐던 대로.

어설픈 애도를 마치고 비틀거리며 도착한 곳은 절벽이었다. 등껍질바위가 내려다보이고, 복은이 몸을 던진 중간 절벽. 그 끝자락에 정해는 주저앉아 다리를 모았다. 먼 수평선 너머로 빛이 퍼지고 있었다. 곧 해가 뜰 것이다. 중간 절벽에서 바다를 내려다보면, 간조인지 만조인지를 알 수 있었다. 간조일 때는 갯벌이 펼쳐지고 만조일 때는 검은 바다가 펼쳐졌다. 아직은 만조가 아니었다. 바닷물은 더 들어찼다가 해가 완전히 떠오를 때쯤 빠져나갈 것이다.

정해는 그곳에서 만조를 기다렸다. 떠오르는 해를 눈에 담았다. 너무 눈이 부셔서 눈물이 맺혔다. 눈가를 비비자 눈물 대신 말라붙은 피가 가루로 묻어났다. 자신이 울고 있는 건지 웃고 있는 건지 가늠할 수가 없었다. 대신 눈을 감고 앞으로 해야 할 일을 떠올렸다. 우영의 방으로 돌아가서 깨끗이 씻은 후에 선장에게 배를 띄워달라고 전화를 할 거다. 오늘은 날이 좋으니 분명 배가 뜨겠지. 그러면 복은의 휴대폰을 경찰에 넘기고, 형석에게도 전화를 걸어야겠다. 반지를 잃어버렸다고 말해야지. 그리고 식을 올릴 날짜를 잡자고 해야겠다. 작업실로 돌아가면 그림을 그릴 거다. 늘 그리던 대로, 두 아이가 나오는 그림을.

그때였다. 등 뒤에서 수풀이 스치는 소리가 났다. 사람이라기엔 가볍고 산짐승이라기엔 분명한 발소리였다. 정해는 뒤돌아보지 않았다. 보지 않아도 누군지 알 수 있었다. 어떤 전설이 아주 오래 이어진 데에는 이유가 있다고, 정해는 생각했다.

진흙 묻은 흰 발이 느리게 다가와 정해의 옆에 섰다. 해진 레이스 자락이 나부꼈다. 정해는 휴대폰을 손에 쥔 채로, 옆에 선

존재를 향해 말했다.

"두 번째로 같이 보는 일출이야."

그리고, 작게 덧붙였다.

"너랑 보는 바다가 제일 예쁜 것 같아."

맨발의 주인은 그제야 다리를 굽혀
정해의 옆에 앉았다. 물에서 건져 올린 것처럼
차갑고 미끄러운 흰 피부가, 어깨와 어깨가
맞닿았다. 정해는 눈을 감았다. 피가 말라붙은
머리카락이 아닌, 20년 전의 그것만큼이나
축축하고도 부드러운 머리카락이 콧등을
간질였다.

작가의 말

〈보스토크〉 매거진 31호에 실은 에세이에
갯벌에서 사라진 남자에 대한 이야기를
적었습니다. 에세이에 적었듯, 여러 입을
거쳐(이 이야기를 제게 해준 어머니를 포함하여)
도달한 것이기에 어디까지가 진짜이고
어디부터가 과장인지는 저 역시 알지
못합니다. 하지만 모두가 누군가의 죽음을
예견한 우울한 새벽, 일출을 등지고서
뚜벅뚜벅 갯벌을 걸어 돌아오는 피투성이
남자의 이미지가 저에게 오랫동안 못 박혀
있었고, 그에 살을 더해《만조를 기다리며》의

첫 문단을 적게 되었습니다.

초고 단계에서 첫 문단을 적자 마지막 장면이 스르륵 떠올라 신기했던 기억이 납니다. 그 마지막 한 장면을 향한 동력으로 원고를 무사히 끝낼 수 있었습니다. 쓰다 보니 욕심이 커져 힘들기도 했지만, 그만큼 즐겁게 쓴 이야기입니다. 혹시라도 섬을 나간 후의 정해를 상상하신다면, 미아도의 비밀을 간직한 채 현실로 돌아가 뻔뻔하게 잘 지내는 모습을 떠올려주시길 바랍니다.

마지막으로 늘 세심하게 의견 주시는 김해지 편집자님과 스토리 독자 팀, 무사히 책이 나올 수 있게 도움 주신 모든 분들과 제 이야기를 기다리고 읽어주시는 모든 분들께 감사의 마음을 전합니다.

2023년 4월
조예은

wefic - 12

만조를 기다리며

초판 1쇄 발행 2023년 5월 17일
초판 5쇄 발행 2024년 11월 27일

지은이 조예은
펴낸이 최순영

출판2 본부장 박태근
스토리 팀장 김소연
편집 곽선희 김다인 김해지
디자인 이세호

펴낸곳 ㈜위즈덤하우스 **출판등록** 2000년 5월 23일 제13-1071호
주소 서울특별시 마포구 양화로 19 합정오피스빌딩 17층
전화 02) 2179-5600 **홈페이지** www.wisdomhouse.co.kr

ⓒ 조예은, 2023

ISBN 979-11-6812-712-8 04810
       979-11-6812-700-5 (세트)

값 13,000원